中 国 短 经 典

蓝色时代

张惠雯 著

人民文学出版社

图书在版编目(CIP)数据

蓝色时代/张惠雯著.—北京:人民文学出版社,
2022
（中国短经典）
ISBN 978-7-02-017430-0

Ⅰ.①蓝… Ⅱ.①张… Ⅲ.①短篇小说-小说集-中国-当代 Ⅳ.①I247.7

中国版本图书馆 CIP 数据核字(2022)第 157442 号

责任编辑	卜艳冰　何炜宏　邰莉莉
封面设计	李苗苗
出版发行	人民文学出版社
社　　址	北京市朝内大街 166 号
邮　　编	100705
印　　刷	上海盛通时代印刷有限公司
经　　销	全国新华书店等
开　　本	889 毫米×1194 毫米　1/32
印　　张	6.75
字　　数	128 千字
版　　次	2022 年 10 月北京第 1 版
印　　次	2022 年 10 月第 1 次印刷
书　　号	978-7-02-017430-0
定　　价	50.00 元

如有印装质量问题,请与本社图书销售中心调换。电话:010-65233595

目录

水晶孩童	001
雨林中	021
书的故事	037
"我是一个兵"	059
爱	081
蓝色时代	099
暴风雨之后	119
梦中的夏天	139
二人世界	173
飞鸟和池鱼	195

水晶孩童

1

仅仅说这孩子美丽是不够的。更确切地说，他美丽得怪异、令人难以置信。他母亲看见他第一眼就晕过去了：这孩子没有肉身，他是一块人形的水晶，包括他的头发、眼睛、指甲……好像曾经有一把最灵活尖削的刻刀在这水晶上雕琢出哪怕是最细微的线条。他安静地从母亲的腹部滑落下来，在没有别人在场的一个午后。他没有像其他孩童一样啼哭，只是静静地躺在昏厥过去的母亲身边，透明而柔和。

当他的母亲醒来的时候，她看到这个水晶的婴孩安静地躺在藤床上，睁着眼睛。他是如此的美丽，却又令她难以置信。她一点也不觉得这个孩子和她自己有任何的关系，好像别人将这个东西放在了她的肚子里，好让他来到这个世界。她又恐慌又茫然，突然，她哭叫着跑到院子里，大声喊着丈夫的名字。她的呼喊很快通过一张又一张的嘴传遍了小镇，正在某个杂货店搬运货物的丈夫就一路跑回了家。到了傍晚，他们的屋子和院子挤满了人。有人高声谈论着这个小镇有史以来发生过的奇怪的事情，有人在打听着婴孩的样子，有人端着饭碗、睁大眼睛倾听着。聚在一起商谈的老人们对于这奇异孩童的由来一筹莫展，只能确定这是件史无前例的怪事。可这男孩实在美丽，他的非人间的美丽使那些能够挤到床前看见他的人一时间沉默无语。一直到深夜，人们才肯散去。

接下来的那段时间，镇上的人乐此不疲地去观看这个水晶孩童，很多人走了又来。对于一些清闲的妇女和儿童来讲，去看水晶男孩几乎已经变得像清晨把家禽从笼子里放出来、午后吃一片蛋糕、晚饭后到镇街上找人闲聊一样日常而自然。她们挽着手，走着、赞赏着，眼睛忍不住往天空或是远处望去。然而，一天又一天过去，这些非同寻常的人群也慢慢稀疏了。

季节已从夏天转向初秋，凉风里偶尔裹挟着几片斜落的叶子。他的父母看他时，眼里仍然充满着茫然和不信任。这个孩子和他们看不出一点关系，更不像是他们血肉之躯的结晶，他不知从哪里来，突兀地降临在他们家。女人一再说起她竟然没有感到分娩的痛苦，他就那样自己从她身体里滑落下来。她一再向别的女人说起这一点，带着烦恼和困惑的神情，好像没有经历到生育的痛苦乃是她最大的遗憾。但她还是把母乳奉献给这个陌生的孩子。当他用他凉丝丝的嘴吸吮她的乳头时，她似乎能隐隐感觉到什么，就将他抱得紧一些。但她的手臂很快又松开了，他的美丽显然令她害怕。她把他放回到藤床上，自己坐在床边发呆。然而女人还是坚强的，有一天她终于决定这就是她的孩子，并且亲吻了他。而他的父亲在大部分时间避免看到他，他有些害怕，甚至暗地里有些恨他，因为他怀疑这个孩子夺走了他真正的孩子，一个可能会非常像他的活泼的孩子。当人们来来往往进出他的家，他感到侮辱，没有人相信这是他的孩子，他自己也不信。

可是一个老人偶尔回忆起的故事改变了做父亲的对待这孩子的态度，悄悄地抹去了他的敌意，使他决心接受作为父亲的责任，接受上天所赋予的命运。老人回忆起的故事来自他许多年前读过的一本书，故事里有一个处女怀孕了，那个孩子跟别的男人没有任何关系，他是神的孩子，神使那个女人生下了一个非人间的男孩，来拯救世人。老人所讲述的故事在镇上流传，人们从那里揣测着模模糊糊的启示。男孩的美丽与人们印象中的怪胎和妖孽无法对应，那么说他是神送来的似乎更为合理。但是这小镇向来安稳，人们认为他们并不需要救赎。也许神会赐予财富和丰收，这是隐藏在每个人心里的秘而不宣的愿望。孩子的父亲因为这隐秘的愿望而受到人们的尊敬和优待。

在那一段时间里，突然降临的启示使人们因期待而焦躁不安，有些人简直睡不着觉。大家显得过分快乐而容易冲动，他们反复地走进男孩的家，提着各种礼物。当他们看着他，他们希望发现隐藏在他面容之下的启示，他们仔细观看他的眼角、鼻翼的轻微扇动、嘴唇上的细纹，甚至偷偷地把眼睛贴在他的耳朵眼朝里看。人们在这孩子的面容里寻找答案，充满疑问和焦虑。连女人们都发现吸引她们匆匆赶来的不再是孩子的美丽，而是依托在这小人儿身上的秘而不宣的愿望。人们忍受着等待和不停猜测的煎熬，日子简直长得疯狂。有人建议剥去孩子的衣服，仔细检查他的身体。老人们被这种渎神的语言激怒了，他们说，神的启示不是像金子一样掖在身上。人们只好按捺着自己。他们整天待在家里，突然地大声咒骂、发脾气，过一会儿又似乎满怀期待地等着。在秋天即将过去的时候，人们突然发现他们更贫穷了：庄稼因为缺乏料理几乎失去了一半收成，铺子里完全没有进新货，散发着食品变质的臭味，女人们习惯了四处走动几乎不照顾家，家里像猪圈一样凌乱肮脏，孩子们的头发丛里爬满虱子。当然，还有更多被掩盖起来的秘密：一个女人毁掉了所有她认为丑陋而粗糙的衣服，因为她确信很快可以到城里为自己买一批新衣服；一个男人在他的情妇肚里播下种子，因为他确信很快他将一掷千金，养活两个老婆根本不成问题。总之，这个镇子突然之间变得肮脏邋遢、伤风败俗。

　　这个冬季异常寒冷而拮据，人们蜷缩在自己的屋子里，计算着剩余的囤粮。他们异常失落，但不敢抱怨。很多人还是迷信的，尽管他们的行为看不出一点对神的敬意。他们不敢将怨恨说出来，不敢告诉别人自己如何失望、如何早就预料到那个怪胎不会带来任何好处。他们曾有的热烈愿望像炉膛里烧尽的炭，偶尔爆出一星火花，随即又熄灭了。在这些沉默而漫长的冬日里，那个为大家讲述故事的多知识的老人被大雪埋葬了。对于老人的过世，怀想最多的大概是水晶孩童的母亲，她隐隐感到那个老人带走了什么，让她心里不安。其他人很快忘记了这件事，盘算着明年春天的计划。

2

他像正常的孩童一样慢慢长大，这时间没有人来看他，人们忙于收种，忙于生意和债务的事情，妇女们发现家务事越来越多，已让她们分不了身。只有零星的几个孩子仍然坚持着他们的热情，尽管他们不时被孩子的父母亲训斥和驱赶，他们一有机会还是会围在他周围，突然地摸他一下。而那孩子呢，他喜欢观看周围的一切，每一张围在他周围的脸都被他细细地看过。他那一双眼睛似乎天生为了观看，天真而专注，从不会显出一丝疲倦。而当疲倦突然降临到他身上时，那双眼睛就紧紧闭拢，立即沉入它自己的梦境中去了。

有一天，这孩子抚摸了另一个孩子的胳膊，因为在他逐渐清晰的意识里，它和他的看上去是不一样的。被抚摸的孩子跑掉了，所有的孩子都大惊小怪地散去了。小人儿坐在床上，回想着一下子的触觉。当他转过头看着他母亲的时候，她相信他的眼睛告诉她他发现了这个秘密：他没有其他孩子那样柔软的肉身，他们和他不一样。

他开始蹒跚学步，他母亲一刻也不敢放松，因为对于这个孩子来说，重重地跌倒就等于破碎和死亡。脱不开身时，她就用一条带子把他绑在床腿上。一开始他试图挣扎，但很多东西会突然把他的注意力分散，有时候是摇晃在窗棂外的一条绿色的树枝，有时候是投射在屋子里的一道阳光，有时候是某种声音。他的眼睛似乎在不断寻找，而同时，他也仿佛在倾听着某些幽微的声音。当她看到他安静而专注的样子，可能会吓一跳，但是，慢慢地，她感到神奇，她会从屋里的某个角落偷偷看他：这个从天而降的孩子，她看不出他身上秉承任何人的痕迹。可他却有着最完美的人的面孔，一切竟然都在她的子宫里孕育而成。

父亲几乎不想看他，对他来说，这孩子像命运一样来历不明、让人无力。那个冬天，他和别人一样吃了苦头，他的好运气荡然无存，现在人们仍然躲避着他，以一种奇怪的目光疏远他，似乎他们从来没有尊敬过他、对他亲热过。他们曾经送来过各种礼物，现在他们以千奇百怪的借口想向他讨还。他不明白为什么他的生活被搅得一团糟，有时候，他劳累了一天回来，看见他妻子搂着那孩子的腰在院子里教走路，他简直想揍她一顿。为什么她能够亲吻他、将他搂在怀里，好像他真的是他们的孩子？她镇定自若地做着一切女人应该做的事情，镇定得让他害怕又嫉妒。

这孩子终于可以自由地在院子里行走，于是人们看到在篱笆缝隙间露出的那张脸，带着热忱向他们张望，这唤醒了已被他们埋在日常的尘土里的关于水晶婴孩的记忆。水晶人竟然像正常人一样行走、长大，这就像当初他突然闯入他们的世界一样令人不安。人们回避着他的眼光，可那双眼却印在他们的脑海里，因过分清澈而显得虚无缥缈。他们突然意识到自己的脸平庸而丑陋，还有一些灰印子；他们的衣服也太脏了，蒙着灰尘和油腻；他们脚步匆匆，而他却躲在篱笆后，放肆地观察他们。谁也受不了这种注视，因为它使我们注意到自己。

阳光和热风使夏天白而干燥，在好几轮季节的变化之后，水晶孩童坐在屋檐下，观看着似乎凝止又充满变幻的景色。天空在树枝围成的框子里流淌，云絮像流水冲击产生的洁白泡沫。他相信天空和河流其实是相同的东西。有时风从天际吹过来，它其实是那河流中的一朵旋涡。如果有机会，他希望母亲再带他走出镇子，他们走在开阔的田野里，走在深深的草和花之间，他也能够看见更大片的天空和更多的云。可是他也怕那样的情景：当他拽着母亲的衣角走在镇街上，每个人都停下来，看着他们。母亲走得越来越快，几乎在跑，他快要跟不上她了。还有些孩子跟在他后面，离他越来越近，嬉笑着，他们的脸几乎碰到他的脸，他们想伸手触摸他，母亲不断朝他们怒喝，而那些观看的大人也开始嬉笑。他们的笑声和目光让他害怕，感到寒冷。当他们终于逃出来，身后不再有尾随者，当她摘了一朵野花让他闻时,她不是哭了吗?

母亲当然了解这个掩藏起来的愿望,她甚至一再对自己说"我要带我的孩子出去走走",可她战胜不了心里的怯懦,她无法忍受人们的围观、嘲笑、一群脏孩子的追赶。她隐隐察觉到人们恨这个孩子,他们曾经以为他是神,如今却放肆地嘲笑他,仿佛他是个再滑稽不过的怪胎。而那坐在屋檐下什么也不说的孩子,**他几乎具有一切最纯洁美丽的孩童特征,但是脆弱,脆弱得毫无用处**。他甚至不会说话。有时候,在她怜悯的心中会突然涌起一阵厌恶的冲动:那个孩子就像她丈夫所说的那样,是个"一脸呆相"的废人。难道他不是吗?他几乎毫无用处,不能在土里滚爬,不能摔倒,更不用说让他去赶牛、搬运货包,为什么他不能像那些长相粗野的孩子一样能干?他像个甩不掉的包袱!每当她千方百计地把这厌恶的冲动压制下去之后,她心中就充满恐惧,害怕有一天它们会控制她,使她背叛她的孩子。她安慰自己:她的孩子是世上最美丽的孩子。可是连她自己也明白,她孩子的美丽正日复一日地在她眼中模糊,渐渐地等同尘土。美一旦背上了"无用"的罪名,是比丑陋还会遭人冷落的。坐在屋檐下观看天空的孩童不知道这一点,他那双清澈眼睛看不出这样的真理。他只是坐在一团如水雾般轻柔的水晶光晕中,陷于他所描绘给自己的那个世界。在他身上笼罩着一股似乎可将一切沉淀的安静,这安静说明他还不曾恨过任何人。

当人们看到水晶男孩第一次出现在镇街上之后，他们不约而同地感到不舒服，甚至恼火，这种情绪很难解释。最后，在人们互相倾诉、交换意见之后，他们发现了共同的担忧：这种奇怪的东西在镇上招摇过市可能带来不祥。于是他们选了代表通知孩子的父母：孩子不能再出现在镇街上，否则将像关牲畜一样用笼子把他关起来。孩子的父母当然无权反对全镇人的决定，他们已失去了反对任何东西的力气。送信人要求当面告诉这个孩子，他相当权威地警告他，试图展开一场小型的审讯。但是，他很快放弃了。然后他出现在茶房、酒馆、广场、每一个人们聚集的场所，用难以抑制的激动宣布了这样一个消息：那男孩是个哑巴。每个人都仔细地搜索他的记忆，确定没有听到那男孩嘴里迸出一个字。这一次，人们又不约而同地感到轻松而快乐，却露出一致的感叹神情。

在男孩的家里，谁也没有谈起这件事。他的母亲在厨房准备晚饭，决心以麻木来对待一切。男孩的父亲相当无动于衷，他已对别人的白眼和侮辱司空见惯，反而因此培养出了对待命运的、带有悲壮意味的坚忍情绪，至少他自己相信他已准备好忍受一切。可是，当那孩子怯懦地看着他时，他却忍受不住心里的厌恶：他像个破坏一切的小无赖，一个只会闯祸的废物，却还装作什么坏事都没干。他厌恶地转过头，以便将这孩子排除出视野所及的范围。母亲大声地洗菜、泼水、把勺子掉到地上。突然，她看见那男孩光洁的、没有一点瑕疵的脸，他正透过窗户看着她。那张脸使她迷惘，因为她其实早就厌倦了，可她仍然得顶着这一切。不然就任由人们将他关进笼子里，或是交给他冷漠软弱的父亲吗？他是多么陌生啊，她怎么会把这样一个生命带到这个世界？她理解不了这一切，因为困惑而淌着泪。

男孩现在只能在院子里活动，他发现父亲和母亲这段时间都不想和他说话，他们似乎避着他，不愿意看他。像小时候那样，他从篱笆缝里向外面看，他看到别家房子雕刻着鸟或动物的檐角、贴在窗户上的花纸，他看着街道延伸到远处去，到他看不见也无法去的地方。他非常怀念他和母亲曾去过的那个地方，绿草和细杆子的野花几乎漫过他，他看到蝴蝶停留在白色的花瓣上，天空同时掠过好几种飞鸟。人们不允许他再去那个地方。甚至当他站在篱笆后向外看时也得小心，有的人看见他会朝他脸上吐唾沫，当他来不及躲闪时，吐他的人就大笑着离开了。很多时候，他在地上画那些记忆中的花儿、蝴蝶和飞鸟。他有可能把鸟的翅膀赋予了蝴蝶，也可能把蝴蝶的色彩赋予了某只鸟，这一点，他可永远无法验证。当他父亲看见这满地的奇怪图案时，他对这孩子的厌恶再也无法抑制，他走过去，用脚迅速涂抹掉这些怪玩意儿，把它们统统埋葬在尘土中。所以，连画画也得秘密进行。不过他至少不用担心母亲，她看见这些东西只会诧异地看他几眼——她越发觉得不了解这孩子心里想些什么。而她忍受这种不解，像忍受人们把唾沫吐在她孩子的脸上。

3

　　风和日丽的天气，孩子们在街道上疯跑追逐，当他们觉得一切不再新鲜时，他们会想到被关在院子里的水晶男孩。在好奇心和创造力方面，他们永远胜于大人，他们可不想像大人一样对那孩子吐唾沫，他们心中藏着问题，最后解答的方式通常是游戏。在大人们午睡的时候，孩子们聚在一个拐角处，他们等待着那男孩从篱墙的缝隙中露出脸来。

　　午后是如此沉寂，男孩从缝隙间张望着空荡的、白而发亮的街道，这个时候虽然寂寞却不必担心什么。他向上看到那些错落重叠的屋顶，漆着各种颜色，可他从来没有经过这些陌生的房子，看看它们有怎样的门、房前种着怎样的树和花草。有些夜晚或早上，他曾听到从某座房子里传来的歌声，或是某个窗檐下悬挂着的风铃，他倾听并想象出房子与风铃的样子、唱歌者和将风铃挂上窗棂的人的样子。他倾听着这小镇最饱满和最微弱的声音、最沉寂与最骚动的时刻。在他的耳朵里藏着小镇最丰富细致的生活史，只不过这生活史是以声音来编撰。至于他，他一个字也不肯说。

　　孩子们看见那张脸出现在墙缝后面，正朝外呆望。于是他们走出来，脸上带着形态各异的笑。男孩看到他们走近了，温和地朝他笑着。他回想起很小的时候那些围在他床边的孩子们的脸，所以他虽然胆怯，却没有退回去。当然这些面孔确实曾经围绕在他周围，好奇地观看。但时间加之于这些孩子身上的变化远远超出男孩所能有的想象。当他们再度围在他前面，他们其实早已厌倦于观看了。有一个孩子问他，想不想和他们玩，他肯定地点点头。另一个孩子拿出一条绳子，说这是个游戏，要把绳子系在他的手腕上才能开始。当看到男孩有些犹豫时，第一个孩子解释说，因为他无法出来他们只能在他手上系一根绳子，把他和他们连起来。孩子们都热情地劝说男孩伸出他的手腕，然后他们帮他把绳子系上，一个非常粗壮的孩子拉住绳子的另一头。水晶孩童纤细的小臂从篱笆缝隙里伸出去，被一根绳子紧紧地系着悬在空中。一个孩子卷起他的袖子，露出一截晶莹剔透的手臂。孩子害怕了，他感到这游戏似乎非常危险。他想蜷缩回他的手臂，但绳子绷得很紧，那个粗壮孩子显出决不放松的表情。然后第一个说话的孩子拿出一把小刀，他先让旁边的孩子猜测小哑巴会不会感到疼，孩子们都露出犹豫不决的神情。他又说，按道理来讲应该不会，石头会觉得痛吗？水晶也是一种石头。当他说这些话时，他手里的刀一直在阳光中闪着光。男孩脸上露出极度恐惧的表情，可是这时候谁也不去看他的脸，他们都注意看着那截在绷紧的圈套中抖动的手臂。

　　孩子们的实验开始了，刀刃在手臂上飞快地划下去。伴随着一道有些晃眼的光，他们听到了极为刺耳的响声，然后那条手臂剧烈地抽动起来，一些闪烁的粉尘飘散在空中。他们盯着看了一会儿，发现没有血流出来。男孩紧咬着嘴唇，他已经不知道怎样来看待他的敌人了，他们抱着认真的科学态度，却对他做着残暴的事情。其实，孩子们的残酷恰恰在于他们不懂得自己的残酷。当孩子们观察到男孩脸上痛苦的表情时，他们得出结论：切割使他疼痛。接着，一个孩子拿出藏在身上的火柴，男孩又一次挣扎着想缩回他的手臂，但立刻有人帮忙去拽紧绳子。他们开始用一簇细微的火苗炙烤他已经被划破的手臂。从某个时候，孩子们听到模糊的声音，这声音好像不是从喉咙发出来，而是从身体里发出。然后他们看到从男孩的眼睛里滚落下来一些水滴一样透明的东西，这些东西落在地上，立刻变得坚硬，它们四处滚动，在尘土里发着亮光。然后那孩子发出他一生中最响亮的一次叫喊，仿佛他那坚硬而脆弱的身体崩裂粉碎了。叫喊声惊醒了他的母亲，她从屋子里跑出来，看见那群被惊呆的孩子和他们手里的绳子、小刀和刚刚熄灭的火柴。她怒骂着，随手捡一根棍子准备追打他们。可当她打开门冲出去，所有的孩子都跑散了。她气冲冲地回来，看见那孩子瘫坐在地上，他的手臂终于缩了回来，手腕上系着一根象征科学热情与残酷的绳子。可惜她没有看到滚落在墙角外的珠子。到了夜里，孩子们偷偷溜回来，捡走了这些不会融化的、坚硬的泪滴。

当他母亲把他抱回来时，发现他整个身体都湿透了。他躺在床上，因疼痛而不时地抽搐颤抖，但他手臂上仅仅留下了一道白印和一块熏得发黄的斑点，以至于他父亲无法理解那种疼痛：没有殷红的血，没有撕裂开的鲜艳的皮肉，他无法感知到这样的痛苦。可是，他知道那孩子不好受，因为他的眼睛像临死的人那样塌陷无光。有一下子，他突然涌起巨大的悲伤，差点掉下泪来。可他随即转身走了，让那无形中紧抓住他的手松开。母亲不知道该怎样来治疗孩子的伤口，他的身体冰冷，她就抱着他，用体温使他暖和一点儿。

4

捡去泪珠的孩子们把它当成弹子使，在他们玩耍的时候，不幸被大人看到，这些亮闪闪的珠子就被陆续没收了。女人们发现这些形状完美、像被雕琢打磨过几百次的珠子做项链再合适不过。于是她们在珠子上打洞，把它串起来戴在脖子上。男人们虽因忙碌而昏聩，可他们也马上发现了珠子的价值。他们开始劝说男孩的父亲，希望用杂货、谷物向他换取一些珠子。

那父亲有些受宠若惊，人们突然用谄媚的声音和他说话，他们的脸上又浮现出温暖的笑容。可他觉得难以置信，他手里握着一颗"泪珠"掂量着，难道真的有这样沉重的泪珠？回到家里，他把珠子拿给妻子看，向她说起人们想和他交易的事。女人用诧异的目光盯住他，好像她从来没有见过他。可他为什么要羞惭呢？那只是一滴泪而已。对于一个孩子来说，流泪不是司空见惯的事吗?

那父亲于是来到他的孩子面前,第一次,他请求他,希望他流一些泪。孩子看到父亲手中的珠子,模糊的痛苦和恐惧在他心里聚积起来,就像风雨前灰色的云在天空聚积起来。可他的眼睛始终是干涸的,即使父亲摇晃他、恐吓他,他也不能流一滴泪。然后他看见站在角落里哭泣的母亲,她似乎在用通红的眼睛乞求他,他忍不住哭了。泪珠滚落到地上,他的父亲蹲下身捡四处滚落的珠子。

男孩的眼泪变成了轻易得来的财富,人们开始交换这些珠子。他看见人们在院子里走来走去,把珠子摊在破布上,或是捏在手里掂量着它的重量和形状,为之讨价还价。他被迫流泪的次数越来越多,直到有一天,他能毫不痛苦地流下泪来。第二天,这些泪照例被摆放在家门口的小市场上,被一双双精明的眼睛审视着。可这些眼睛中最聪明的一双也无从分辨出这泪珠是否真正缘于痛苦。

男孩在消瘦,变得孱弱,在他身上笼罩的那层晶莹的光晕在渐渐暗淡下去,可没有人注意到这些。有一天,他母亲看见他呆坐在院子的角落里,她突然发现那张面孔像一块陈旧了的布,她想到他已很久没有像以往那样注视天空、枝条或屋顶,他的眼里再也没有思索和好奇的熠熠闪光,像是两眼干枯的泉。他发现她在盯着他看,站起来走开了,他蜷缩在屋子里一处昏暗的地方,从那里,他看着一束苍白的、卷满灰尘的阳光穿过天窗射进阴冷的屋子。他感到内里有某些东西在涣散坍塌,他虚弱得浑身发抖。他瑟缩着爬上床,如同他来到世界的那个下午一样,他静静地躺在那张藤床上,眯着眼睛。他听见母亲在院子里走动的声音,还有风穿过树梢发出的低语,在那双塌陷的眼睛里,屋里飘动的灰尘和光线投下了世界给他的最后影像。没有任何人在,死亡悄然地覆盖在他冰凉的身上,一阵巨大的疲惫使那双眼终于闭拢了。

起初,人们因为争论尸体该如何处理而喧嚣了一段时间。最后,那孩子的母亲把尸体埋在自家的院子里。她整日待在院子里,警惕着周围的动静和路过的人。女人对谁也不说话,她的头发突然间全白了。

5

漫长的溽暑渐渐消散,在初秋的天气里,断续的马铃声带来一个长相奇特的外乡人。他立刻引起了所有人的注意。在酒馆里,常常有很多人围住他,向他打听外面发生的事儿。有人向他提起了怪胎的故事,想趁机兜售给他一些水晶珠子。后来外乡人不再出现在酒馆里,人们看到他时常徘徊在那个院子外面。终于有一天,院门向他打开了,他走进去,院门又紧紧关上了。

隔着篱墙,有人看到他们在夜里掘出了孩子的尸体。外乡人仔细擦去覆盖在尸体上的厚厚的泥土,那美丽得令人难以置信的男孩仍如同在熟睡中。许多年深埋于尘土没有蚀掉他丝毫的光彩，他身上散出的洁白光晕使院子如同沐浴在月光中。

外乡人在男孩儿家里住下来。他每天对着尸体发呆，有时候沉思，有时候嘴里嘟哝着，激动地走来走去。一天夜里，在零星的蚊蚋唱叫中，银河高远而明澈。他和那母亲坐在院子里，沙沙的叶声就在头顶。外乡人终于说出了他的请求，他想带这孩子去一个更好的地方。那是什么地方呢？母亲问。一个美好的地方，每个看见他的人都将会赞叹他的美。外乡人只能这么说。母亲没回答。过一会儿，外乡人又说，如果有一天你不在了，这里的人会怎么对待他？而在那个地方，他永远都会是完整的、高贵的，他将是供人瞻仰的"艺术"。什么是"艺术"？孩子的母亲不可能明白，可她被打动了，她隐隐感到，这和那孩子短暂而痛苦的生命有关，和他久久停驻在某个地方的眼睛、他涂画在地上的飞鸟、蝴蝶都有关。

秋意越来越深的时候，人们听说外乡人买走了那块水晶。他把水晶孩童用一个背囊背在身上，骑着他那匹栗色小马离开了这镇子。人们疑惑地看着他的背影消失在镇街上，揣测着那笔据说可买下半个镇子的钱的数目。他们想不出来有什么原因促使这陌生人如此着迷于一块水晶，可是隐隐地感到那不会腐朽的、被带走的尸体掩藏着某种参透不了的玄机，某种他们可能永远也猜不出的价值。

在最初的喧嚣之后，空洞和疑惑如云层般笼罩住这个镇子。秋雨终于从厚厚的云层里飘洒下来，洒落在那些白色蓝色和灰色的屋顶上，敲打在向上翘起的檐角上，滑过紧闭的玻璃窗扇。某一个窗棂上悬挂的风铃仍然发出断续而忽远忽近的声音。云层似乎覆盖了整片大地，在无穷无尽的秋雨声中，人们会回忆起一张面孔并发现它渐渐清晰，难道他们真的见过这么美丽的东西吗？有些女人取下了挂在脖子上的水晶珠子项链，那些像被细细打磨过的、剔透的珠子使她们感到寒冷。然后她们往外看去：秋雨浸泡着窗台、屋角、街道和孤零零竖立着的店铺招牌，并将一切都涂染成腐烂的落叶的颜色。

2004 年 8 月于新加坡

雨林中

去年，我在马来西亚霹雳州旅行的时候，参加了一个短期的热带雨林生存训练营。我们一组外国人在进入雨林的中心地带之前，被分成了五个小队，我和另外三个人，两个新加坡人和一位美国女士被一个叫拉扎克的当地人带领，要在北霹雳州最浓密的泰门格尔雨林深处度过两天两夜。

在这片比亚马孙河和刚果河流域的雨林还要古老的丛林中，遍布着奇异的生命。地衣布满大树的板状树根和树身，像一块浓绿的丝绒，木藤从不同的方向俯冲、悬吊、缠绞，在树和树之间形成交织的屏障。有时候，在那些已经枯死的枝杈上，你还能看到怒放的鲜花和沉重的果实。林中的植被层次交杂，一棵大树通常滋育着数十种生命：那些簇拥在它根部的矮小灌木、在更低矮潮湿处生长的蕨类植物、裹在它皮肤上的苔藓、长着阔大的革质叶子以承接阳光和雨水的树身附生植物、死死缠绞着它往上攀爬的藤,甚至在附生植物的叶子上还生长着更卑微的野草。在树身和树冠上还寄居着昆虫、鸟类和哺乳动物,他们总是惊鸿一瞥地出现,然后就无影无踪。

林中的光线幽暗,地面潮湿柔软,铺着薄薄的一层枝杈和落叶。我们的导游拉扎克,一个古铜肤色的马来人隔几步远走在前面。他精瘦灵活,但肩背部宽厚、肌肉结实,可能因为长期穿行于雨林中而像猿类一样有点儿驼背。拉扎克对华人没有什么好感,但也不是仇华主义者。他只是认为"华人爱算计、贪财的习性影响了马来人,使他们失去了过去纯朴、慷慨的品格"。当那两个新加坡人要求他"进一步说明"时,他又补充说:"这也怪马来人自己不够坚定。我们马来人本来喜爱自由自在,不喜欢竞争、拼命储存钱财。只要我们干的活儿足够一段时间衣食无忧,我们就休息,带孩子去海边钓鱼,去丛林里打野榴莲、摘芒果。但华人说我们是懒鬼。现在马来人也对未来担忧太多、生活紧张,而且不喜欢帮助自己的邻居。我们也越来越像新加坡人啦。"

对于拉扎克的这番话,大家一笑置之。但一种生活方式行将消失,这是一个事实。不管爱拼搏的聪明人对此种方式的"落后"多么嗤之以鼻,这都是一种具有个性的生活方式。

拉扎克走在前面,他的腰间挂着一把精致的刀——弯月状的砍刀,可用来砍开拦路的木藤,砍开榴莲和菠萝蜜的硬壳,还可以砍杀蟒蛇。但除非万不得已,拉扎克决不伤害这里的生命，包括那些形状千奇百怪、令人心寒的爬虫。他说，这里本来就是它们的地盘，我们是入侵者。有时，他会停下来，告诉我们这是一种有毒的花，或是那只正在拼命逃匿的虫子叫什么名字。

我们正走入雨林深处，这里并没有什么透过枝杈树叶的间缝投射下来的斑驳光点。层层浓密的枝叶遮天蔽日，使林中显得阴郁、神秘。这期间，我们不断被异常美丽的花朵、金黄的芒果、鲜艳的红毛丹所吸引，但拉扎克却不容置疑地朝前走、不允许耽搁。我看着他宽厚的背部和腰间晃荡的刀，总是很滑稽地想起吉卜林所说的"千万不要得罪马来人"的忠告。

连阴暗的林中光线也在退缩，我们终于在天黑前赶到拉扎克计划中的营地。这里有一小片空地和一棵果实累累的芒果树。熟透的芒果坠落到地上，招来了大群体型巨大的黑蚁。我们在拉扎克的指挥下就地取材，用树枝做成扫把把黑蚁和烂果扫到一边，整理出一块平整干净的地方扎营。帐篷搭好之后，拉扎克带我们认识周遭的植物。他还砍开了两棵野香蕉树的支茎，茎是筒状中空的。拉扎克叫我们用塑料袋紧紧扎住切口，他说："明天早上，这些茎里就会灌满可以喝的清水，带香味的清水。"

夜色很快降临，丛林中什么自然光也没有，但几只萤火虫飞来，在大树漆黑的枝杈间闪动。我们坐在芭蕉叶上，听着各种怪异的虫鸣和飞禽的叫声，凄厉的、尖锐的、呜咽的、阴沉的，还有如耳语一般轻柔的。在各种声音汇集而成的静寂中，拉扎克突然说："不知道阿卜拉会不会出现，他可能还活着，就在这片丛林里。"正是在这个时候，我听到了阿卜拉和伊达尔的故事。

在二次大战中英军溃退、马来亚被日本人占领期间，一些马来男人离开被占领的家乡，进入丛林地区，自发组成了一个个分散的游击队伍。这些队伍长期隐蔽在茂密的雨林深处，以雨林为营地和日军周旋、战斗。在没有外援的极度困难的情况下，他们用雨林中的植物、虫子、鸟类、毒蛇、蜥蜴养活自己，有时候他们不得不到雨林的边缘地带，猎杀野象、犀牛等动物，来补充食物供应。

在这些丛林游击队中，有一支是由拉扎克的爷爷所在的村庄和邻近村庄的男人们组成，队员们彼此相识，有些甚至还有血缘关系。阿卜拉就是其中的一个，他最亲密的战友是伊达尔。阿卜拉和伊达尔是邻居，也是从童年时就像兄弟一样相处的好友，他们把彼此的父母当自己的父母来孝敬，连他们的妻子也情同姐妹。

在某次突袭一支正在行进的日军小分队后，逃过死亡命运的队员们陆续回到林中的营地。在回来的人当中，阿卜拉没有发现伊达尔。由于队员们通常从不同的方向撤退，因此谁也没有注意到伊达尔是否遭遇了不测。但阿卜拉确信伊达尔没有死，他记得最后一次看到伊达尔时，他正一面往一个坡地上跑一面朝后开枪，当时伊达尔没有任何受伤的迹象。阿卜拉由此认定伊达尔落入了比死更恐怖的境地——被凶残的日本人俘虏了。好几天的时间，阿卜拉不能睡觉，也不吃东西。他每时每刻都在苦思冥想救出伊达尔的办法，却始终一筹莫展。他甚至劝说大家一起行动，去搭救他的兄弟，但队员们告诉他这是不可能的，因为这样做几乎没有任何胜算，况且很多人认为伊达尔已经死了。

　　游击队担心暴露，决定往更深的丛林中转移了，但阿卜拉没有和他们一起走。他没有放弃搭救伊达尔的计划。他单枪匹马地在丛林中出没，并且和其他几个游击队接触，参加他们的行动。由此，他把自己的死亡几率放大了好几倍。但阿卜拉是个固执的人，只要他活着，他要做的最重要的事情就是找到兄弟伊达尔或伊达尔的尸体。几个月后，他终于得知伊达尔在一个橡胶厂里做苦役。他参加了一个游击队夜里偷袭橡胶厂的行动。他们纵火焚烧了厂房，混乱中，苦役工纷纷从失火的宿舍逃脱，火光和枪声连成一片。阿卜拉一直在附近焦躁地观察，当他终于看到他要找的人时，他不顾一切地冲进逃奔的人群，大声呼喊着伊达尔。在这次行动中，游击队牺牲了四名队员，打死了好几个日本看守，焚烧了大片的厂房。

　　救出伊达尔之后，阿卜拉又带领他找到了原来的队伍。每个人都认为阿卜拉完成的这个任务简直不可思议，但阿卜拉说要救出自己的兄弟并不是很难，只要你心里只想着这一件事。

游击队继续他们艰难的生活和战斗，他们打击的目标是分散的、小股的日本军队，而一个酝酿中的、更宏大的计划是和另一个游击队联合行动，焚烧日军的橡胶园。曾经在橡胶园做苦役的伊达尔熟悉那里的地形、岗哨，他给队伍提供了分散埋伏、分道进入园中的建议。一个阴沉闷热的夜里，当分成各个分队的队员们在指定的地点悄然埋伏、等待信号时，他们发现自己陷入了日本人早已设好的圈套。密集的枪火和日本兵朝他们包围过来，血战在几个不同的地点爆发。每一处的游击队员以十几人抵抗上百日军的包围扫射，这根本不是战斗，而是屠杀。两个游击队中百分之八十的队员牺牲或沦为俘虏，死者之中包括阿卜拉的表兄和一位高龄的叔叔。各种迹象和其后的消息都证明，阿卜拉拼死解救出来的兄弟伊达尔就是告密者。

逃回雨林的队员们逐渐汇集在一起，又有一些受伤的人因为缺乏食物、没有药物治疗而死去。阿卜拉起初想自杀，但一名队员悲愤地说："你为什么不先去杀死你那个叛徒兄弟，再杀死你自己？"

阿卜拉从这句话中得到了启示。他因为羞愧和队员们的猜疑态度而远离了自己的队伍和所有其他的游击队。从此以后，他忍辱负重地活下去的信念就来自"必须杀死伊达尔"这项任务。但他一直无法接近伊达尔，直到战争结束。

战争结束，疲惫的游击队员们回到家乡。等待他们的没有勋章，也没有补贴，死难者很难领到什么抚恤金。在英国人的眼里，只有英军才是战斗者。但这些以往的战斗者本来也不曾指望什么回报，他们战斗是为了自己，而不是为英国人的奖赏。这些人迅速恢复了农夫和渔民的生活，恢复了作为儿子、丈夫和父亲的日常职责。

阿卜拉也回到了家乡，谁也不知道他离开队伍后在哪里流浪、过的是什么生活。但对于阿卜拉来说，战争并没有结束，在他完成那项"杀死告密者"的任务之前绝不可能结束。因此，野人一样的阿卜拉和妻子相见后，所做的第一件事就是去伊达尔的家中，郑重地告诉他的妻子，他必须杀死伊达尔，为那些因他而死的队员们报仇。伊达尔的妻子号啕大哭，她起初恳求阿卜拉宽恕伊达尔，但阿卜拉断然拒绝。随后，她怒斥阿卜拉是个没有情义的畜牲，将他赶出自己的家。

每一天，阿卜拉都带着他当游击队员时用过的那把破枪。他在枪里装了两发子弹，他坚信自己将一枪击中伊达尔，然后马上用另一颗子弹处决自己。关于这一点儿，他也告诉了自己的妻子。家里人都认为他有点儿疯了，但相信能慢慢治愈他。就这样，阿卜拉等了将近两年，伊达尔仍没有返乡。

这时候，战争已结束了相当一段时间，那些战死者的亲属也接受了亲人死亡的事实并渐渐埋葬了痛苦。他们对阿卜拉的固执信念不能理解，甚至连那些老游击队员也劝告他不要再计较伊达尔的罪过，让政府来处置他。他的妻子也为这件事哭干了眼泪。但就像当初他不听劝阻一意要救伊达尔一样,阿卜拉要杀伊达尔的决心同样不可动摇。他郑重地告诉家人和村民:"我早就应该死,但这是我活下来的理由。"

终于有一天,伊达尔返乡了。如阿卜拉所预料的一样,收回失地的英国人无暇顾及战争期间马来人之间的公道和恩怨,伊达尔这个告密者没有受到任何惩罚。伊达尔在一个夜里悄然回到家,阿卜拉的家人看到了他,但他们谁也不告诉阿卜拉。但事实是,阿卜拉自己也看到了,但他假装不知道,他暗自决定要给伊达尔一个晚上的时间和他的家人团聚。但阿卜拉却一夜没有睡,他焦躁不安,好几次跳下床,在屋里来回走动,或是趴在窗户那儿张望邻居家黑沉沉的屋子。枪就放在床下,阿卜拉好几次把枪拉出来,把子弹装进去又取出来。他可能一直忍不住想要冲出去,闯入邻居的家,马上为死去的队员们复仇,洗刷自己的耻辱,然后以死来卸下良心上的重担。复仇的念头让阿卜拉痛苦不堪,像经受炼火烧灼一样。但阿卜拉控制住了自己,一直等到天明。

天明以后,他看到伊达尔的妻子去打水。他马上拿着枪跑到伊达尔的家里,直接走进他的厅室。但当他看到伊达尔的时候,他发现伊达尔的小儿子正坐在父亲的怀里。小孩子吓得号啕大哭,阿卜拉于是放下了枪。他命令伊达尔跟他出来,一起到后面的山坡上去。但伊达尔这个懦夫死也不愿出去,他竟然当着儿子的面向阿卜拉下跪,泪流满面地哀求他。阿卜拉愤怒地离开了,他不愿意当着一个孩子的面杀死他的父亲。伊达尔当然了解这一点,从此以后,他天天躲在家里,被妻子和两个孩子轮流庇护。而阿卜拉只能在自己的家里监视伊达尔、寸步不离。

这样僵持了很久之后,阿卜拉似乎放松了。他开始像往常一样活动,去甘蔗田里砍甘蔗,或是到村后的林中捡柴,但他外出时身上总是带着枪。一天上午,一个好事的村民告诉阿卜拉说他看到伊达尔去他家的香蕉园里了。阿卜拉此时正牵着牛在河塘边饮水。他立刻扔下牛,往香蕉田飞奔。他看到伊达尔果真在那儿,正在一棵香蕉树上砍香蕉。他大声喊了伊达尔的名字,好像宣读对他的判决一样。伊达尔看见阿卜拉正端枪指着他,他脸色煞白,从树上掉下来,于是,阿卜拉的第一枪打空了。阿卜拉气得浑身发抖,伊达尔在地上还不停地呻吟、求饶。当阿卜拉走近去,决定朝他开第二枪的时候,伊达尔的妻子不知道从哪里冲出来,她紧紧抱着伊达尔,用自己的身体挡住他。

从那以后,又有很多天,阿卜拉看不到伊达尔,找不到任何机会,但他并不松懈。在这期间,家人已经把他当成无法治愈的疯子,不再哀求他,也不再理会他。村子里的人也渐渐厌烦这种固执的行为,他们找一些德高望重、有势力的人劝说他、警告他,甚至威胁要从城里叫来警察。但谁也说服不了阿卜拉,他反复说的仍然是那句话:"这就是我活下来的理由。"

又有一次，阿卜拉听说伊达尔和妻子出门去了亲戚家，他一路追出村子，但没有追上他们。他于是守在村口的一棵大树后面，准备伊达尔回来时，不顾一切地伏击他。他守了一下午又整整一夜，但那夜伊达尔刚好被亲戚留宿了。第二天中午时分，疲惫不堪的阿卜拉刚回到家里躺下来，伊达尔和妻子就回来了。伊达尔和妻子经过村口那棵巨大的树，穿过那些垂下来的柱形树根形成的林荫时，他没有想到仅仅是几步之差，他就可能在这里被阿卜拉击毙。

就这样，种种的误差和巧合使阿卜拉一直没能杀死伊达尔，但死心眼儿的阿卜拉从未放弃杀死伊达尔的念头。他不厌其烦地计划、观察、堵截、追赶，而伊达尔也无数次地窥伺、藏匿、逃跑……最后，忍受不了这种煎熬的不是心如钢铁的阿卜拉，而是懦弱的伊达尔。他再也不想时时刻刻生活在恐惧的煎熬中，他也知道，不管他和家人搬到哪个地方，不管那个地方多么偏远，阿卜拉总能找到他，尽一切可能杀掉他。除非他去的那个地方是一个深不可测、人人都会迷失其中的地方。因此，他想到，再也没有比泰门格尔雨林更可靠的庇护了。

于是，在一个夜里，伊达尔悄悄告别家人，逃入当他是一名游击队员时所藏身的雨林中。慢慢地，村民们意识到伊达尔消失了。阿卜拉得知伊达尔逃走的消息之后，马上也告别了他的家人，再次进入这片他虽熟悉却永远不可能尽知其奥妙的雨林。从此以后，这两个男人再也没有回到他们的村庄。

"人们起初还常常谈到他们，猜测这件事的结果。猜测有很多种，例如究竟是谁杀死了谁，是谁先死去了，或者在这一大片苍茫、密实、与世隔绝的雨林中，他们是否曾在某个地方遇见过？或者两人是否都死于非命，带着未完成的使命和仍在逃脱的遗恨……但到了我们这一代，几乎没有人会想起这件事了。对大家来说，这个故事就像那场战争一样遥远、陈旧、不值得回忆。大家都会说，这个阿卜拉是个怪人，一个不可理解的疯狂的人。但对我爷爷来说，他可能性格固执，但并非不可理解。这就是变化。

"现在马拉亚的变化太大，不可思议。你们看到的这片最茂密、被视为奥妙和神奇之地的雨林，已经被推土机吃掉了一半。可能阿卜拉和伊达尔的尸体也被推土机碾碎了，我们再也找不到他们的一点儿踪迹啦。当我们反对这么毁这个地方时，政府还说，它只能靠伐木来养活我们，好像我们的祖先们都没有生存过、都不能养活自己似的。不知道将来这里会是什么个样子，人会变成什么样。一切都在变。有时候，一个人生活在这种变个不停的时代就好像不知道自己从哪里来，会往哪里去，我们越来越不认识自己这块地方。可你听到这些老马来人的故事，你竟然会觉得有一点儿明白了。你看到苍茫的雨林，当你走进来，看到神奇的树、动物，想到那些阿卜拉们，你才会觉得就是这样：你是个马来人，这就是马来亚的大地。就是这种归属感。而现在，他们要把雨林砍伐个光，要种植这些那些新玩意儿……"

拉扎克还没有把话说完却突然起身走开了，他在这片小小的营地上巡视了一圈，然后走到捆绑着塑料袋的那棵香蕉树那儿，假装查看切口。我们四个人坐在那儿，目光追随着这位精瘦、矫健又很忧郁的马来人，但从大家脸上的表情看，每个人都还在想象那两个几十年前遁入丛林的马来人——阿卜拉和伊达尔。拉扎克的突然走开让人有点儿尴尬，可能那位美国女教授想好心地打破沉默，也可能是出于喜欢以下定义的方式得出结论的职业习惯，她总结说："一个很典型的复仇故事。"

那两个人含糊地表示赞同，我却没有说话。我想女教授的思考方式根本无法和马来人拉扎克的故事相匹配。在人们内心的领域，有太多晦暗幽邃的东西无法说明，更无法定义。在这个为他人复仇的故事里，很难说阿卜拉对伊达尔到底怀有多少仇恨，也许阿卜拉自己并不真的恨伊达尔，驱策他杀死伊达尔的反而是另一种力量。而当阿卜拉追赶伊达尔进入丛林时，他的真正意图可能并不是做一个追杀者，而是做另一名逃遁者……

在密不透风的丛林中，等待我们的将是一个漫长、闷热、潮湿的夜晚。大家很快回到帐篷里睡下。但我的睡眠里夹杂着芜杂的、怪异的梦境，中间又因为闷热而醒来了。我身上不停地渗汗，再也睡不着。我悄悄起来，到外面透一透风。我就坐在我们刚坐过的地方，等待一股意想不到的凉风来吹拂我。突然，一个人从浓墨一样的灌木影子中走出来，那是拉扎克。

他说："我出来看一看，就要下雨了。"

我说："可是连一丝风也没有。"

他说："就要有风了，你等着吧。"

然后，他告诉我他得嚼点薄荷叶，并且在一个离我较远的地方坐下来。

过了一会儿，我惊讶地发现雨林果真颤抖起来。你能感到那种黑暗中幽微的震动，听到总是迅速擦过地面和空中的、淅淅索索的响声。但这种声音慢慢汇集起来，成为一阵阵连续不断的低沉幽鸣，伴随着森林浪涛一层层的波动。不过，这只是一节柔曼的序曲。那个马来人突然回头朝我看了一下，我看不到他的表情，但我猜想他的意思是要我留意倾听这些声响——风雨来临之前雨林发出的声响，它的动物、植物和泥土一同发出的声响。这片乐声正从幽微转向深沉凝重。

当我从后面打量拉扎克坐着的身影时，我却想象着他的祖辈——阿卜拉和伊达尔在雨林中穿行的身影，以及他们的脚步踩在落叶上发出的沙沙声。除非出现奇迹，否则他们不可能活着。但似乎奇迹在这古老的雨林中、在这充满神奇奥妙的土地上是极可能发生的，因此我竟然感到他们确实活着，并且在这一片雨林中继续追踪、逃遁、战斗、生存……那几只因为感触到风雨来临而停歇在某条枝杈上凝然不动的萤火虫，可能刚刚飞经一处营地，在那里，满头白发的英雄阿卜拉可能像我们一样，在黑夜里坐在肥厚、潮润的芭蕉叶上，凝视着那一点点闪动的微光。

2009 年 1 月 25 日于新加坡

书的故事

1 歌谣和书

在我们的祖先从蒙昧中走进最初的光明的遥远年代，已经有了零散却丰富的口头语言、漂亮的象形文字，但还没有书。在民间，渐渐地出现了一些简单的歌谣，描述生活中发生的事情、人们的想象。这些歌谣歌唱某个人，描述一日中的琐事，某段意外的插曲，甚至仅仅是关于一朵花，一片鸟的羽毛，一个偶遇的女子，或者是一个牧羊人歇息的小山坡，一条流过原野的河，但也有的歌谣唱出了人们的辛劳、苦痛、恐惧和狂喜。

有些歌经由口头流传还被人们唱着，但很多歌却永远地散佚了。有一天，一个善于唱歌、记忆并且熟悉书写的人走在铺满落叶的林中。他唱着歌，不急不慢地走路，偶尔看看四周，听听树林发出的"飒飒"声。突然，那些正斜着飘下来的、一片片的叶子吸引了他。他充满欣喜地想到：要是我把每一片叶子都写上一首歌，那我知道的歌儿不知道要写满几百片树叶……最让他兴奋的是，要是这些树叶能好好地保存着，他就再也不用担心会忘记某一首喜爱的歌。于是，在这个人的幻想当中，书产生了。那些飞舞的树叶变成了轻盈的书页……

幸亏已经是萧瑟的秋天，这个人不用花费太多时间照顾农田。他到处收集大而厚实的叶子。然后，他用熄灭后冷却的炭块儿，把他所知道的歌写在树叶上。由于他用的是图案一般的象形文字，他的每首歌谣看上去都又像是一幅画。最后，为了防止树叶到处飘飞，他把所有写着字的树叶用结实的细绳子串起来。这样，他发现他能很容易地找到他要找的歌谣，他只要顺着绳子轻轻翻动树叶就行了。它们都在那儿啦，花儿、牲畜、野兽、小河、女子……所有他知道的歌谣都在那厚厚的一叠树叶里。

但是，他很快发现了树叶容易破碎的缺点。当它干枯、破碎了，那些字全都变成了粉末，无法辨认。他苦思冥想，希望找到更好的材料。有一天，他看到一辆路过的大车里满载着光滑洁白的杨木。他突然心里一动，然后朝木匠们的棚子跑去。他在棚子里捡了一大堆剥落下来的杨树皮带回家。他和妻子一起把树皮割成一片片整齐的长方形，把外面粗糙的树瘤磨去。漫长的冬天，他有足够的时间把树叶上的歌转抄到树皮光洁的里层，再把树皮照顺序排列、串接起来。他发现这样做成的书比树叶书坚韧得多。

等他把所有的歌编成四册厚重的树皮书，他发现自己想要收集更多的歌。好像单单看着那些书，就会让他产生这种念头。他想到：世上有那么多我所不知道的歌，如果能把它们也装进书里，该有多好！于是，不管是寒风刺骨的早晨，还是大雪纷飞的黄昏，人们总看见他走在路上。他挎着个袋子，袋子里背着一册待书写的书，往邻近的村镇去。在那里，乡亲们围在炉火边，回想、哼唱自己熟悉的歌谣，由他记录下来。

不久以后，人们都知道他收集了当地的歌谣。那些爱唱歌的人开始慕名而来向他请教，他就把书里记载的歌教给他们。很多人从他那里学会了做树皮书的方法，把自己喜爱的歌谣抄录下来，带去遥远的异乡。于是，他发现，和那些刻在岩壁上的文字不同，这些"走动"的册子不仅能把他和人们记忆里的东西收集、存放起来，还能使这些歌谣传播得更远、传给更多人。最令他惊奇的发现是，他的儿孙们都可以翻看、学习这些往昔的歌谣。

他死去以后，儿子继承了他的书。他发现杨树皮洁白的内层会黯淡，出现斑斑的霉点。他试用了很多材料，最后选择了竹片。他毫不犹豫地把父亲毕生收集的歌谣摘抄在新的竹简书上，随之产生的就是我们最原始的校正索引学，因为他需要对一些残缺的、被腐蚀的文字进行补充和更正。

尽管这最初的书籍在战火和人世更迭中不知所终，但它的智慧却延续下来，使得我们的祖先开始传抄诗篇，记录生活、梦想和历史。而这一切不过缘于那刹那间树叶翻飞的灵感。

2 书的秘密

传说有这么一批书，它是如此怪异、妄谈禁忌，以至于每一个统治者都不能容忍它存在于世上。没有人知道这些书到底怎样怪异，所有读过它的人都在能够详细地转述它之前就被死神召唤而去，他们的鲜血和书的秘密一起凝固。但总有那么一些新的人、新的血液来承担这个秘密，并叫世人知道这个传说不是虚妄。

五百年以前，一个统治者终于得知了书的下落。他派遣最心腹的将军率领三百名精兵包围了一个农庄。农庄几乎没有任何可以抵御进攻的屏障，只有一道茅草和泥盖起来的矮墙。对于这样普通的农庄来说，三百个精壮的士兵和一百匹气喘吁吁、戴着铁辔头的马显得非常不相称。将军不让大家轻举妄动，他叫人在外面呼喊示威，叫里面的人出来受降。喊声把院子里啄食的鸡吓得到处乱飞。最后，一个穿着便袍的老人走出来，他拄着一根拐杖，因为他是个瞎子。

这个人根本看不见那些森然的兵器，所以对他来说，这些东西仿佛不存在。他无所畏惧地站在院子中央，倾听了一会儿。他开始说话，先问来者是谁，问起是否需要备些饭炊，他听到马儿踢地的"踏踏"声时，他又问起马儿是否该饮水。

他的问题一个也没有得到回答。传令的人策马走到他面前，问他："书在哪儿？"他只说："想要毁它的人找不到它。"

传令人奉命给他几鞭，问他："书在哪儿？"

老人竟然笑了，说："拿鞭子的人休想找到它。"

传令人朝他腿上狠抽一鞭子，老人跪倒在地上。

将军心里很不快，他从来没有碰见过这么软弱的对手。

传令人问他："书在哪儿？"

老人指指自己的头。

将军大声说："那就砍掉你的头。"

老人说："看过的何止我一个，将军你要是看一眼，它也会在你的头里。"

将军非常懊恼，他说："我会把它们全烧了，今后世上再也不会有这种害人的东西。"然后，他下令把老人就地处决。

将军的人把农庄的房子拆了，包括那道泥墙。他们掘地五尺，发现了一个地下密室。将军马上叫人把密室封住，除他之外任何人不许进出。他警告手下，凡进去看书的人格杀勿论。

而慢慢地，他的手下发现，将军并没有如期把书销毁，似乎也不打算把它运回京城。他们发现将军天天住在密室里，既不像以前那样天天发布命令，也不热衷召集他们开会了。除了吃饭和散步，将军几乎什么都不干了。士兵们驻扎在那儿，就像定居下来了一样。他们又是种菜，又是割草，还发明了各种制作食物的新器具，却把兵器丢到一边儿，让它生锈。马呢，它们被松开了缰绳，辔头也不戴，天天在附近山上疯跑，简直成了野马。军官们忧心忡忡,他们决定派一个人去密室里打探。打探的人说的话让他们大吃一惊,他说将军整个下午都坐在过道里,身子斜倚着一边的书架看书,偶尔还发笑、自言自语。

军官们偷偷把士兵召集起来,回京城禀报。因此,那一天,当将军从密室里走出来,发现全部的人都走了。他不禁觉得神清气爽,因为再没有人可打扰他看书了。而他也知道,很快就会有人来找他。他心想:我必须把书搬到一个新地方,同时还要加快阅读的速度。

很多年后,奉命找书的另一个年轻官员抓获他的时候,他已经变成一个破衣烂衫、一只眼失明的老人了。要杀他之前,年轻军官召见他,问他是不是感到后悔。

他说:"我后悔我开始得太晚了,要是我早些看到那些书,或是我的阅读速度再快一点儿,我可能已经把那些书读完了。"

军官说:"你就要死了,你不知道是那些书让你送命的吗?"

老将军说:"如果不知道那个秘密,活着和死了又有什么区别?"

怀有好奇心的年轻官员一定要他说出那个秘密,老将军说他已经把那秘密写下来,夹在密室左边第三排书架第二层的某一本书里了。"你看了就明白。"他对年轻人说。

然后,老将军被处决了。

当天夜里，年轻的官员就叫人把那藏书的密室封起来，他要自己亲自盘点这些禁书。他提着灯，摸到左边第三排书架的第二层，仔细翻找老将军写在书里的秘密。他起初目标明确，后来却被别的东西吸引住了。他在密室里睡着了，第二天早上当他醒来，他喃喃自语道：一个夜晚就这样过去了？

他来到外面，看见兵士们早已装备整齐、严阵以待。他觉得盔甲、盾牌、马刺对于人来说都显得过分笨重古板。他叫大家卸下装备，换上凉快的便装，先在附近驻扎休息几天。

好几天后，他终于吩咐士兵围绕着老将军的密室烧一把大火，再把整个院落都拆毁。然后，他带着老将军的头颅回京复命。他得到了封赏升迁，但不久就因得病而还乡了。

然而，多年以后，又有了那批禁书在民间流传的消息。而那年轻的、欺骗了前代君主的官员也早已死去，他的对此一无所知的儿孙遭到了无情的流放。那批妄谈禁忌的书却始终不知流落何处。

几百年来，这批书就这样流落、被追捕、逃脱……因它而起的憎恨、牺牲和传说也继续流传下去。它就像邪恶或真理一样顽强、永不止息，没有看过的人绝不会知道它的秘密，而看过的人又总把秘密藏在书里。

3 书里的魔鬼

很多年前，在西方，一个对星辰和大地比对经书和苦修更感兴趣的僧侣靠自己的观察、演算和冥想得出了一个推论。他虽然不敢保证这个推论接近绝对的事实,但也对它的合理性满怀信心。他想:如果这并不是真理,至少它可帮助更有智慧的人找到真理。于是,他把这个推论以及观察得来的数据、演算和推理方法写进了一本书里。这本书在意大利那些热衷于探索知识的人之中秘密流传。

当正统的教士们终于得知这本书里惊世骇俗的理论时,他们义愤填膺,毫不迟疑地判定他为异端,开始了对他的追捕。起初,这僧侣带着他的书逃亡去过许多地方。而即便是在途中,他也不忘记观察星辰。当他在黎明时分疲倦地骑在马上时,他会因第一缕照临的阳光而振奋,好像他是第一次看见太阳。

他逃亡了许多年,而对他的判决也从没有撤销。这一天,在边境的一个小城里,他突然觉得这条路已经走到终点。这可能是因为疲倦,也可能是因为尊严。

他的朋友,一个对他的知识和人格都无比敬重的人,也是他这一段逃亡路上的旅伴,对此感到困惑。

"要是如你预感的那样,我们现在就应该赶紧离开,我们可以去法国,寻求国王的庇护。"朋友对带着某种宿命般平静的僧侣说。

"我衷心希望你去那里,"僧侣真诚地说,"带上我的书,用你的智慧、雄辩向他们说明这个猜测。我将留在这里,等那些人。我知道，他们就快来了，我不想连累你。"

"我并不害怕被连累，可你不应该守在这儿等死，像饮鸩的苏格拉底！难道这不是智者的愚蠢嘛？"朋友激愤地说。

"我不想再去任何地方，现在死亡对我已经不再可怕，可怕的反而是无休无止的逃亡。"

朋友无法说服固执的僧侣，只能在僧侣的一再催促下带着他修改的书独自逃往法国。僧侣将他送出小城。在通向边境的山道上，他紧紧拥抱朋友，说："永别了，我最忠诚的朋友，你的友谊和真理对我同样重要！"热泪盈眶的朋友跨马而去，消失在弥漫的晨雾中。僧侣为他向上帝祈祷平安，然后独自步行回家。他知道追捕者离他越来越近，但他心灵平静。

他在潮湿寒冷的房间里等待，从狭长的窗户里眺望白天和黑夜。他想着死亡、肉身、灵魂，还有时间的反复性以及宇宙的无限性。他给一个住在西耶那的朋友写了最后一封信，在信里写道："宇宙几乎是无限的，它是由无数个世界所组成。但每一个世界又都是有限的，那么，经由这有限的世界所构成的宇宙就不能说是完全无限或绝对无限的。而另一方面，神（有形的或无形的）则是完全无限的，整体的他就存在于整个的宇宙中，无穷尽而且完全地存在于每一个世界的每一个部分中。"

几天后，追捕他的人到了，他被押送回罗马。途中，他受尽顽固教众的侮辱。他们肆意辱骂他，用污水、畜牲的粪尿泼在他脸上、身上。他看着那些被恨意扭曲的面孔，没有怒火，只有怜悯，他想：但愿上帝能以智慧使他们得到片刻的宁静和欢愉……

裁判所决定给这个变节者一次改过的机会。他们说，如果他愿意写另外一部书来否定他的理论，他就可获得赦免。他拒绝了，为此遭受了严酷的刑罚。他们又说，他只需要公开宣布推翻以往书中的荒谬理论，就能得到上帝仁慈的宽恕。这个原先的僧侣说，如果他祈求上帝的宽恕，他将祈求上帝宽恕他的无知和愚昧，而不是已知和探求。执法者为他"驱魔"，这意味着鞭挞、饥饿、水牢。最终，由于"灵魂已完全被魔鬼攫取"，他被判处火刑。

反叛者在众人的诅咒中经受炼火而死，在他的住所中搜出的所有书稿都被付之一炬。但不久之后，他那怪诞、张狂的理论竟然在荷兰、法国等地广为流传。接着，烧死魔鬼那件事也在读书人中间激起了怒火。判决者发现，最可怕的魔鬼不是隐匿在人的身体里，而是隐匿在书籍里。可如何捕获那书中的魔鬼？由于判决者始终没有找到一个"驱魔"的方法，书里的魔鬼竟变成了世代相袭的思想。或许它只是追求真理，并不刻意反叛，却因为迫害而被迫化身为卡尔杜齐所谓"理性的复仇力量"。无所不在的神存有无所不在的宽容，对于智慧的魔鬼亦然。

4 书和历史

当时，蒙古人的铁骑扫荡了世界上最富庶、文明的国度。

他们不仅屠杀了数以万计的人、将城市夷为平地，还在汴京的宫廷里焚烧了当时世界上最丰富古老的字画和藏书。那场焚书的大火燃烧了数天，许多稀世的艺术品和典籍自此永久失传，这是过去曾征服过中原的异族所未敢犯下的罪恶。

他们在这个古老的国度里充当了统治者，要求人们毁掉世代精耕的田地，在辽阔的平原地带种上牧草，过去的战马就奔跑其上。他们还要求世代务农者改做冶铁匠，为新的征服日夜打造兵器。这样的愚蠢造成了连年的饥荒，过去富庶的村落十室九空，饿死者的尸体遍布山野、沟渠、道路上和荒凉的城门之外。

有一天，征服者的王——大汗——无意中翻看一本史书。于是，他派人找来前朝史官中的幸存者，要这个人为他写一册新的开国历史，以和前朝中断的历史衔接起来。他吩咐史官把自己的丰功伟绩一一记述，但不必提及屠城、焚书和饥荒的事。

于是，史官开始编写史书。大汗赐给他一个幽静、长满藤蔓的院子，还给他出入王宫、都城城门的自由。一个晚上，大汗晚饭后百无聊赖地散步到史官的院子里来，发现史官正在廊下席地而坐，借着烛光伏案书写。大汗要他停止书写，和自己谈天解闷。大汗让他讲些有趣的故事，史官便给他讲了一个故事。

在汉人还没有建立起统一国度的时代，很多王国并存、相互混战。其中一个王国的国王十分荒淫，他爱上了大臣的妻子并且和她通奸。大臣得知了奸情，设下杀王的圈套。他谎称有病，好多天没有上朝。国王欲火中烧，急于见到他的妻子，便亲自到大臣家去。通报的人告诉国王，大臣卧病不能起床，在后花园中静养。这正合国王的意思，他急匆匆地自己走到院子里，没有看到大臣的妻子前来迎接，还以为她是假装羞怯。不知羞耻的国王就抱着柱子唱起情歌，要引那情人出来相见。突然间，武士从院子四处向他冲过来。来不及逃跑的国王被武士们乱剑砍死。国王虽然荒淫，但毕竟是国王。按照汉人的习惯，大臣杀死国王就叫"弑君"。于是，王国的太史就在史书上记载了大臣"弑其君"。因为弑君乃是不光彩的事，大臣一怒便杀了太史。然后，他又找来太史的弟弟来记录，那个弟弟仍坚持照实书写，用了"弑其君"这个词儿。他也被杀了。另一个弟弟又被招来，他丝毫不畏惧，仍准备照写而后赴死。一个远在外地的史官听说两个史官由于说真话而被接连杀害，担心第三个史官也要被杀。于是，他带着自己的书简往京城赶去，决定做那第四个直笔写史的人和死者。但大臣看到第三个史官仍然写下"弑其君"三个字后，他便绝望了。他怕如果再杀下去，王国将不再有史官，而自己也罪孽深重。于是，他没有再杀。在路上的史官听到这消息之后，才放心回家。

　　大汗沉思了一会儿，说："这是你们中原人的软弱。我不信史官是杀不完的，也不在乎王国有没有史官。"

史官说："没有哪一个王国不需要史官。大汗要记载您的显赫战功以传后世，史官却要把发生的事都如实记录下来。"

大汗说："我也听说过前朝有个汉人自作聪明地编了一部史书，把鲜卑皇帝的逸闻秘事都写在上面，他全家和亲属上万人遭灭门。他被押解刑场的路上，押令官让数十名士兵往他身上撒尿。这就是任意褒贬的下场。"

史官说："大汗您真是博闻，但您听说这样的事，乃是因为它也被记载进史书里了。在大汗您看来，是死去的这个人遗臭万年，还是那轻信的皇帝、残暴的押令官遗臭万年呢？史官从不褒贬什么，他只是把发生的事如实记录下来。"

廊下的烛光摇曳不定，藤蔓缠绕的院子里充满了隐秘、浓黑的影子，围墙一带飞舞着萤火虫。大汗看见他的武士们站在不远处，像几尊铜像。如果在他的宫殿上，一个敢这样对他说话的人早就被砍头了。但他现在却无意呼喊他的武士。好像在这个地方，他也变得像汉人一样文弱、懒惰了。最后，他对史官说："对待能言善辩者，我们常用的惩罚是烙舌。"史官表示恭顺地垂下头去，脸上却有微微的笑意。

从此以后，大汗再也没有来和史官交谈，有时他经过这个院子，看见史官在里面阅读或是书写。他想走进去，不过，最后还是朝远处传来流水声的花园走去。

后来，他叫人把史官已写好的书呈献上来。他翻阅以后，就叫人把史官的双手砍去，投入大牢。他是在时常和大臣们议事的地方做这个决定的,在这里,他常常用极为简短的口令决定那些看不见的人的生死。

不久,他又让人传召了另一个史官,要他对那些以红笔圈点的地方进行修改。让他诧异的是,就如前一个史官在故事中所讲的那样,这个人竟然一口回绝。他马上下令把这个人杀了,并把他的头颅风干,挂在院子门廊下的橡梁上,就像挂一个灯笼、一串铃铛,或是别的什么骨制装饰品。这个人的儿子,被招进来写史,就在悬挂着他父亲头颅的梁柱下出入。

大汗发现,他不仅没有把饥荒灾祸加以修改润色,还添上了更为详细的数据和描述。大汗毫不迟疑地把他处死,年轻人的头颅和他父亲早已风干的头颅悬挂在一起。

有天晚上,大汗又散步经过那个院子,看见两个干枯的头颅还挂在廊下,已经没有了重量。那天夜里,他在花园的喷泉边做了一个梦。梦里面,他看到一本记录着他的功绩、也同样记录着他的丑行的神秘而又辉煌的书。他趁周围无人,赶紧把丑行抹去。随后,他又看到了一本更大的书,令他不胜惊骇的是这一本不仅同样记录着战功和丑行,连他偷偷抹去另一本书里某些段落这件事也在其中。他赶紧把这本书烧毁了。而在接下来被翻开的一本书里,烧书的举动又被载入其中。他一怒之下,把左右可疑的人都杀了,随即发现某一页上立即出现了这一杀戮事件的记载。他仿佛被一只隐藏起来的笔无可逃脱地描绘着,而且,他发现自己越是企图逃避,越会令自己涂抹上新的残暴和丑恶。最后，他爬进一本书里，企图对付那些恶龙一般的文字。突然间，书合上了。他就像只飞蛾一样被夹在那巨大、厚重的书里。

醒来以后，他感到梦的恐惧，这是他在几十年的铁血生涯中都不曾感到过的恐惧。他决定不再继续对史官的屠杀，并且把最后一个死去的史官撰写的史书作为王朝的第一部正史。他让人取下父子史官的头颅，给予厚葬，并释放了一直关押在大牢里的、被砍去双手的第一位史官。

但很多不可一世的统治者并没有像他一样做过关于书的梦，也没有感到过他梦中的恐惧。他们任意涂改功过、伪造历史、欺骗世人。这种欺骗可能延续数十年甚至上百年，可在那本巨大无比的书里，他们毕竟会如被紧紧夹住的飞蛾一样无可逃脱。

那些因直笔书写而遭难的人，值得我们永久的怀念和崇敬，尽管我们如今的生活充斥着书写的谎言，并慢慢丧失了说真话的勇气。但在一生中的某些时候，我们依然渴望驱散心里的卑微，承担那古老的忧患和荣誉。

5 诗句

在某个荒谬且狂暴的年代，书籍（除了被挑选出来的歌功颂德的书之外）被公开宣称为毒药，所有受过毒害的人都被要求戒毒，这通常是指繁重的劳动，被反复殴打、责问，做出背信弃义、出卖朋友亲人的举动。这样一种声势浩大、振振有词的反书籍运动席卷了整个国家，书籍就像赃物一样被四处掩藏、搜查、销毁。

一个生活在山城的年轻人因写了一首诗而被卷入恶斗，不得不躲到某个乡下亲戚家里。母亲早已去世，多年来他和父亲——一位老诗人相依为命。在他离家之后，父亲也遭受了反复的盘问折磨。青年一点儿也不能享受乡村的平静，他极度挂念父亲，忧虑重重。一天，有人来通知他的亲戚，说他父亲已经跳崖死了。

他和亲戚回到城里，安葬了父亲。夜里，当他独自坐在老房子里，他才意识到书架已经完全空了。他小的时候，书架对他来说是屋子里最高的东西。他时常跑到父亲书写的桌子旁边，凑近他的耳朵说："爸爸，你帮我把那本蓝皮儿的书够下来吧。"他还不认得多少字，他只是翻看、抚摸、猜测，但父亲从来没有拒绝过他的要求。

他又搜索了屋里其他地方，发现一切有书写文字的东西，例如父亲的诗稿、他的诗稿、父亲的笔记、书信等等，全都不见了——父亲死前已经替他烧毁了一切，什么也没有留下。他曾想去父亲跳崖的地方看一眼，但后来打消了这个念头。他在屋里的角角落落到处搜寻，期望能找到父亲给他遗留下来的东西，哪怕是写在一个纸条上的几个字，但他什么也没有找到，似乎父亲决意什么也不留下。

他没有多少时间沉浸在哀悼中，几天后，他就被抓走了，刑罚是去一个偏远的农场劳动改造。在以后的时间里，从天亮直到天黑，他弓着腰站在田地里、沟渠里或是干涸的河床边，他要挑着恶臭熏天的粪担，在苍蝇的追逐中赶路，还要忍受比苍蝇更可恶的一些人的面孔。劳动无休无止，而他还得忍饥挨饿。但有时候，和父亲在一起的某段回忆突然涌现出来，他就想起童年，想起他曾在书中读过的那种对美好生活的描述，这竟能给他带来短暂的快乐。

他感到思想的空虚和孤独，开始渴望书籍，渴望阅读和书写。有一段时间，这种渴望就像夜里的星光、早晨的露水一样时刻伴随着他，使他有些意识恍惚。他开始梦见家里那些书，它们就像陈列在家里的书架上一样整齐地陈列在某个昏暗的地方，连接着一条长长的走道。他顺着通道走进去，在梦里阅读了很多书，每一页都完整、清晰。他反复地做着这样的梦。

但生活每日重复着粗野、欺诈和残暴，让他越来越难以忍受。他抓住一个机会逃走了，或者这根本不算逃跑，因为他并不知道往哪里去，心里只是想着死亡。他孑然一身在这样的世上，似乎已没有任何可留恋的东西。

他连续走了两天的路，那天下午，他极度疲惫地在一个草坡上睡着了。当他醒来的时候，他清晰地记得所做的梦，他不仅又梦见了书，梦见了通向那个神秘地方的长长的、鹅卵石般光滑的走道，还梦见了父亲——父亲站在那条昏暗的通道尽头,对他微笑。夜幕已经垂落,天空一片水蓝,闪烁着星光。他把双手枕在头下,仰望天空,想暂时忘记饥饿、疼痛和死亡的欲念。这时,一句诗跳进了他的脑海:

茫茫玉宇缠绕着星辰

他的心如同突然间凝固住一般,他屏声静气地聆听,好像诗的音乐自深邃的远方传来,但周围只是一片静寂。他默默地反复诵念着这句诗,泪水涌满眼眶。他那颗支离破碎的心在那么一个瞬间被诗句的美震慑了,它的碎片重新凝结起来,顽强、剔透。他不想死了,那回旋的诗歌之音挽留住他,甚至让他怀着一些莫名的希望。第二天凌晨,他又往来的方向走回去。

好多年以后,他终于得以返回家乡。他常常想到他差一点成为一个已经死去的人,就像他后来决绝地追求生一样,他曾经同样决绝地追求过死……他只能把一切神奇归之于父亲:他留给他如此丰厚的遗产,他以书籍、梦幻给他启示,还在那个宿命般的夜晚用一句伟大的诗拯救了他。

在异常残酷的年代里,拯救我们的反而是一种梦幻般的东西,譬如一句诗。它与时代的利齿根本不相匹敌,也没有清晰的指向,甚至不可理喻,但它存在着,并且意外的柔韧,它的神奇竟能最终帮我们找回某种易于失落的价值,使生命重新获得意义。

这些关于书的故事并非有意要色调阴沉，甚至带着血腥。只是那些企图掳掠人的心灵甚至夺走记忆的征服者，几乎无一例外地对书籍怀有仇恨。这种仇恨之深使他们不得不将书籍投入火中，看它化为灰烬，并且等待灰堆冷却，再用流水冲刷干净。但事实上，他们的憎恨恰恰来自这个使他们彻底绝望、无能为力的事实：人心不可征服，记忆不可抹去。他们尽情演出一幕幕丑剧，例如像秦朝那个最著名的暴君焚书坑儒、宣称历史从自己开始；或是如蒙古人一样摧毁城市和数以万计的古老典籍（这完全是因为他们面对文明束手无策）；他们也可以挑唆被征服的人们厌弃书籍，还可以挑起漫长的动乱，把读书人关进最深黑的牢狱里相互厮杀和自戕。但书中的真知不变。一颗懦弱的、被蒙昧的心灵一旦被这真知的光点燃，就不再甘于愚弄和欺骗。书籍让试图奴役精神的野心家们恨之入骨，因为自从书的诞生以来，一切都存留于书中了。书已成了历史、人心，以及自由本身。

历史上反复上演禁毁书籍、屠杀知识者的暴行，而书籍仍得以流传，总有人冒着生命危险、用各种神奇的方式将它们珍藏起来。对于书的怨恨从久远年代的黑暗中流淌出来，它从来没有停止过，而对于书的爱甚至比恨来得更早，可以说发源于一种尚且无书的蒙昧时代。恨书的人通常高高在上，他们的武器是火和剑，而爱书的人只能用肉身、激情和信念，可没有比这更不朽的武器了。帝国和民族的疆界早已模糊，英雄、莽汉、屠夫俱化尘土，而书籍永存。

2008年1月21日写于新加坡

"我是一个兵"

那时，有人问起他的家乡，他想了很久，急得头上直流汗。问他的人就给他一支笔让他写下来，但他不会写字。于是，他的第一次入伍登记上写的是"无籍贯"。当他想起那个县、乡的名字时，他已经被呵斥着和一群衣衫褴褛的人排成一排，走到一间破砖烂瓦的大屋子前面。在那里，他们不知道蹲在日头底下等了多久，突然有人叫他们去打饭。人们挤挤扛扛地来到一口大锅前面，他从来没有见过那么大的锅，那里面炖着一锅菜叶、豆腐还有碎骨头。他伸出双手抓住一只递过来的碗，随后又抓住一个热乎乎的馍馍。一瞬间，他又把家乡的名字忘了。

到那时为止，来福离家出走已经六年了。他三岁的时候，父亲死了。十岁的时候，母亲带他到她改嫁的村庄。有一天，母亲和继父下地去了，来福在院子里给牛切草。切完草，他无事可干，想出去却怕碰见那群常常追打辱骂他的野孩子。他心里突然激愤起来，就那样决定出走了。临走时，他带了两个玉米面馍馍，那是他所能找到的全部的食物。随后，他一直在路上走。当他饿的时候、冷得没处躲的时候，他哭着想母亲。但他已经走了很远，不认得回家的路了。

　　来福这样的人是不经常回忆往事的。但如果他回忆，他就想到这六年来他可能没有一天能吃得饱、睡得暖。当别人把一碗饭和一个大馍塞到他手里的时候，他简直懵了。而更让他发懵的是，他吃完了还可以再去讨一碗饭、一个馍，吃完了还可以再去讨……当他最后吃饱了以后，他们就给了他一杆枪。他成了一个兵，有了一身完整的、能遮住皮肉的衣裳。

　　等来福刚明白怎样把子弹从枪膛里射出来，他就被派去打日本人了。日本人他不是很了解，但据说那是些掏心挖肺吃的鬼。有一次，他们埋伏在一道被炸得豁豁牙牙的土墙后面。好几排日本人端着枪过来了，他们走近了，他清清楚楚地看见其中一个鬼子的胖脸、小眼睛，脸上沾着土。他突然听见身边枪响了，于是急急忙忙也放出一梭子子弹。埋伏在暗处的他射中了一个日本人。许多年后，每想到这个，来福仍然兴奋而紧张：他杀过日本鬼子。但他有时梦见那张胖脸，醒来觉得心里冷。

　　来福他们那些兵像是被节节往后赶着。来福不清楚方向，也不识字，他跟着人家往后退，被拉来拉去到处跑。他只觉得到处都是鬼子的枪炮声，到处是鬼子端着刺刀逼过来，鬼子把他们逼得无处去。鬼子们像是任什么都挡不住的，中国兵的尸体像墙一般堆起来，中国兵的血到处流成河，鬼子还是往前走着。

在一次败仗之后，来福队伍里的人死了一大半。他看见一摞摞七零八碎的尸体被一辆大车拉走，然后他们也被一辆大车拉走了。车子在土路上颠簸得厉害，拉尸体的车就在前面，来福看见一些摞在高处的尸体不断滑下来、就掉在路两边的深沟里。他身上刚刚缝上的伤口疼得很，好像有只手从里面往两边撕那口子。他想到了死，起初希望自己能像前面的尸体一样，掉下去，埋在草堆算了。但看着看着，他害怕起来，忍不住哭了起来。有人随他哭起来，但大多数人都沉默而僵硬地蹲在车上，身体和脸一晃一晃，仿佛就要消失掉。

队伍休整了一下，又坐上车开往别的地方了。车开了很久，先坐卡车再坐火车。他们在火车上蹲了两天两夜，来到一个到处是黄土的地方。这一次，有人告诉他们不再和日本人打了，要和共产党打了。他更不了解共产党是什么，但这也不妨碍他去打仗，因为他只是个兵。

他们在黄土沟子里转来转去地打仗，每天看见的无非是黄土和鲜血。虽然看了很多鲜血、伤口、烂疮，来福仍是大碗大碗地吃饭。他的胃口一点儿也不受影响，他只是个穷人的孩子，明白吃饱饭是天大的道理。过去的事儿没有什么可想，将来的他更是不知道。

有一天，来福埋伏在一道土沟里，他的眼睛突然被扬起来的尘土迷住了。他听到周围都是枪声炮声，但看不见。他拼命揉眼睛，一面揉一面想自己终究要挨一枪子儿了。想到这里，他又去想自己的年龄，可想不起。枪炮声震耳欲聋，眼睛暂时失明的来福已横下心准备等死。他双手抱头趴在枪上，直到有人用枪托砸在他的背上。他痛得大叫一声，模模糊糊中瞥见有人用枪指着他的头：来福成了俘虏。

头颅大而笨重的来福从兵变成了开荒者。他要把石头蛋子从泥土里挖出来，再在里面撒上种子。但石头总是挖不完，种子又像是长不出来。来福的手打疱、流血、结茧，而在他看来，这都没有挨饿可怕。他每一顿都吃不饱。晚饭后有人站在台上讲这讲那，那时候台下很安静。来福紧张地抱着膀子，害怕肚子激烈的叫声被别人听见。他不知道那些坐在台下的、同样抱着膀子的人，他们究竟是在听讲话，还是像他一样只是紧张着肚子的叫声。有一天，他无意之中拿这个问题问了另一个人，那个人惊讶地看着他，什么也没有说。第二天，来福被推到台子上了，站在讲话的人的旁边。他本来不太明白上来的意思，突然有人命令他跪下。跪下对他来说也很容易，因为他讨过很多年的饭。但他如今跪下却没有人给他饭吃，每一个人都恼怒地瞪着他。突然，有人眼睛冒着火上来揍他了。来福被日本人的子弹射穿的肩膀又开始疼了，那只手又开始撕他的伤疤。此后,来福这个"不知悔改的敌兵"被指派干最苦的活儿,吃最少的饭。

而来福就那样像牲畜一样活着,他忘记了更多东西。他唯一能想起来的就是母亲手上戴着一个小银戒指。如果有人问他家在哪里,他根本想都不想,径直摇头叹气。

收秋时候,来福他们经常听见枪声、炮声,就在远处的山坳里头。来福心里动了一下:要打仗了。一天晚上,瘦长个子的人叫人拿几杆枪发下去。他的眼神不时在来福身上打转儿。最后,他还是叫人给来福一杆枪。"他当过兵。"他对发枪的人说。然后,他们在半夜就舍弃了那块刚刚收割完的地,舍弃那些破烂土窑子,往更荒凉的黄土深处走去。来福扛着最沉的一袋谷子,还挎着一杆枪,还牵着一头像他一样只剩下骨头的牛。黑暗之中,队伍爬坡、下坡,一次一次地清点人数和财物。来福摔倒了几次又爬起来,肩膀疼得快要碎了。越往山丘的深处走,路就越看不见,大家彼此也看不见。突然,来福听到瘦长个子发话了,他竟然要大家唱支歌,有几个走在前面的人就唱起来了。来福跟着唱歌的人走,直到他们在一个草坡上停下来。他一头栽倒在地睡着了。

在他睡着的时候,仗就打起来了。而他明明知道仗已经打起来了,听到耳边子弹跑来跑去,却竟然不肯起来。因此,他的梦都浮在枪炮声的上面,他骑着牛跑来跑去,一会儿又跌进水塘里,摔了一身泥,一会儿又走进家里的堂屋里,这个梦是他有生以来做得最诗意的一个梦,在枪炮的音乐声中,来福在童年生活里悠然地走了一大圈。清查战场的人把他当成死尸踢来踢去时,才发现他是个流着口水的活人。他就那样在又一次战争中存活下来。他们没有打死他,而是给了他另一杆枪:在常年的战祸和饥荒之后,男人们已经稀少得珍贵了。

来福带着另一杆枪东奔西跑。他不断受伤、在战火里东奔西窜,又不断死里逃生。他的耳朵对无论多么大的声音都习惯了。有时候,他突然看见大雨瓢泼,而之前有没有打过雷他就不知道了。他肩膀的伤口早就成了老伤。他总感到那个伤口里面藏着一只手,朝两个方向撕扯它,有时候疼得他想哇哇大叫。而有时候,他也会突然快活起来。他吃饱了饭,擦着他的枪。他想:这好像是我的枪,但这总是别人给我的枪。他想来想去,终究不明白枪和他、和给他枪的人的关系,不明白为什么枪在他手里,却似乎又不是他的。

来福的连长是一个喜欢大喊大叫的人,他特别讨厌军医,更讨厌药。除非是非常严重的伤,例如子弹钻进了肉里,否则他都叫士兵用土去治疗。有一次,他示范这种疗法,在来福被弹片擦伤的小腿肚上狠狠按了一捧土。来福疼得倒抽几口凉气。几天后,他的腿化脓发炎,走路时拖着一条腿。后来,他浑身发烫,躺下起不来。他觉得自己快要死的时候,军医终于来了。他挖去了来福的坏肉,开始在他腿上缝一条弯弯曲曲的线。连长哈哈大笑,说"这不就是娘们缝衣服吗"。来福在笑声中昏过去了。连续几天,来福做着无边无际的梦,梦见了不相识的女人缝衣服,梦见他娘穿着一身白衣……他睡睡醒醒,醒着的时候也像在做梦。

知道要去更远的地方打仗时,他还半瘸着腿。虽然算半个伤兵,来福还是被军车当正常兵拉走了。他还从来没有看过这么多的军车一起行驶在路上,所有的车上都载满了表情麻木、挤挤扛扛的兵。车队的前面和后面都看不到头,来福想猜出一个数目,但一想就觉得头昏脑涨。他只觉得天地间就只有这么一条爬着的大铁龙,天地间密密匝匝的都是他这样的兵。

他们在大山脚下扎营了,有些兵被拉到更远处的大山里头去了。好多天,他们好像按兵不动,但不断听见远处枪炮交火的声音,来福猜想那些被拉走的兵可能再也出不来了。

有一天晚饭后,来福和另外几个兵被派到附近的村庄去挑菜,他走得慢,渐渐掉队了。路上,他经过一个小庙。此时,天已经黑透了。来福看见庙里头有一星灯火,便犹豫着想进去看看。他看看前面,另外几个兵已经不见了影子。庙很旧,墙根底下、窗棂缝里到处是虫叫的声音,瓦檐都缺了几大块。

来福看着那一点儿灯光,隐隐约约听见里面有人的说话声、咳嗽声。最后,他壮壮胆放下菜担子,走过去敲了敲门。听见里面的人应了一声,他便推门走进去了。油灯底下,一张破方桌两端坐了两个瘦长脸的人。来福看他们年纪都在六十出头,都穿着干净的白长衫。他们也不招呼来福,只使个眼色让他到桌角那边的小板凳上坐。来福就坐在小板凳上。坐下后,他偷偷打量庙里的摆设,发现里头除了窗台下一个没有香火的案台之外,都是些高大陈旧的木架子。架子高得抵住了屋顶,上面堆着一摞一摞数不过来的册子。两个老人正忙着,也不招呼他,来福坐了一会儿,就自己走去翻册子。他不认得字,但看上面都是排成排的三个、两个一堆儿的字,就猜想这是人的名字。于是,他问他们这都是谁的名字。其中一个阴沉沉地说:"能是谁的名字?人的名字。"来福怔了一下,就觉得这老头儿说话不太中听。但他随即想到能有这么多人的名字不是一件平常的事儿。

他静静地在板凳上坐下来,越想越觉得蹊跷。他发现两个老头都拿着一支笔在名字旁边打勾。渐渐地,他觉得那白衣服、红笔、直摞到屋顶上去的名册都让人害怕。他壮着胆问:"这是在勾谁的名字呢?"老人只顾着看名册,也没有理他。他又坐了一会儿,正想要走,一个老头却抬头看了他一眼,放下笔。这一眼看得来福心里打了个冷战。

他站起身,老头就清清楚楚地问道:"赵来福?"

来福心里更毛了,但他仍机械性地答"是"。

老头朝他走近,站在那儿盯着他看。来福心想无论如何要走了,却迈不动步。他怔怔地看那老人,渐渐觉得他眉目还算仁慈。

"赵来福,你是西华县后石羊人?"

来福脑子里像猛冲起一股火光,"哗"地亮起来。"后石羊"他念叨着,终于记起来他出生的那个村庄。他摇晃着脑袋,仿佛不相信似的,又像要把头上的灰土甩掉。

老人的脸色和蔼多了,他招呼来福跟他坐到方桌那边去,拿过一个册子叫他看。来福觉得这些名字就像虫子一样直往他心里爬,使得他浑身又痒又冷。老人指点一处给他看,说:"来福,这是你的名字吧?"

来福懵头懵脑地看了一会儿,才说:"老伯,我不识字的。"

老人叹了一口气,说:"咱们是老乡,幸亏我还记得你。你爸叫赵德明,你妈叫刘桂香,你和小时候没怎么变呐。"

来福连连说"是",泪也流出来了。他有多久没听过别人说起爹娘的名字了?他自己心里却没有忘。连他昏死过去、拖着病腿东奔西跑的时候也没有忘。

老人见他哭了,就拍了拍他的手。过一会儿,他看来福安静下来了,就说:"你知道要打大仗了?"

来福说:"仗都没有停过呐。"

老人说:"这次是大仗,人死如麻,数都数不过来。你知道这些册子是什么吗?"

来福看看四壁那抵住屋梁的架子上堆满的册子,心里直冒寒气。

老人说:"这是点生死的名册啊。不瞒你说,我们是做阴差的,这名册上画勾的名字都是这一仗要死的人。本来,你的名字也是要画勾的,但是我在这里遇上你也算你的福分,念在老乡情分上,我就不勾你的名啦。"

来福对这些话似懂非懂,他又低头看看摊开在面前的名册,壮壮胆子翻了翻,他看见朱笔打在名字旁边的、密密匝匝的勾子,就像新鲜的血一样红,变成了一汪汪的,开始往四处流。一个人,就是这三两个字。人就爬在这纸上,像一堆挤压着、层层摞着的虫,等着那朱笔来圈点他们的命。

来福看不懂字,但他害怕了。他看看另外一个老人,老人仍是头也不抬地一直打勾。他猛地站起来,"要打大仗了,大仗,要死人了……"他口齿不清地重复着老人的话,忽而觉得那些盛满名册的高架子都阴森森地向他堆挤过来,要把他压死。那些被画了勾的数不尽的亡魂,突然间站满了屋子里的角角落落,他们还趴在门窗上,夹在门窗的缝隙里,面孔身体都被挤扁了。来福怕极了,他朝老人看了一眼,来不及说任何感激、告别的话就跑出去了。他被亡魂挤兑着,大汗淋漓地往外跑。他发现院子里也站满了垂头丧气的亡灵,他们和他一样穿着满是灰尘油污的军装,面容憔悴悲哀得好像不存在一样。来福往院子外面跑,他发现亡灵站在山道上、峭壁上、树冠上。他们像是无边无际、列着队的兵一样把整个山谷都填满了。

来福在担架上晃晃荡荡醒来,他的肩膀又剧烈疼痛起来,疼得他哼哼起来。抬担架的是昨晚去挑菜的其中两个兵,另一个兵挑着来福的菜担。三个人都骂来福躺在菜担边装死,害他们抬了菜又得回来抬他。

凌晨的大山里冷得像一口井,来福像掉在井底的一条要被冻僵的虫,恍恍惚惚地看着逼仄的两峰之间邈远的小星,小星好像也冻得在天上不住地颤抖。他想起庙里的事,就像昏死前做了一个梦。但他又相信那是真的,名册、灯光、老人都是真的。

"你们看见那个庙了?"他问。

"庙,什么庙?"在他前面的那个兵问。

"我在哪儿晕过去了?是在一个庙附近吧?里面还有灯光。"来福说。

"那个破庙!什么灯光,连个鬼都不见,老鼠都不去的地方。"担菜的那个兵喘着气,忿忿然地说。

谁也不说话了,过不久就看见黑漆漆的营地,从某个房间里透出来一点儿微弱的灯光。兵们都睡了,营地安静得跟墓地一样。来福被抬进了医务室,他浑身火烫。没有药,他们就给了他一点儿酒精,让他擦到身上。来福浑浑噩噩地睡了,在梦里听见乱哄哄的一堆声音说着"就要打大仗"的话。几天后,来福随着一群群的士兵往山的另一边开去。

开过去不久,他们发现自己被围困了,粮食不够,天又冷得出奇,士兵们都穿着单衣挤成一团。后来,终于开战了。枪炮声连续不断地响了四个昼夜，来福在枪炮和血肉堆里爬进爬出，弄不清自己终究是活着的还是已经死了。第五天的凌晨，枪炮声停了。来福像只动物一样正蜷伏在同伴的尸体堆里。周围突然那么安静，他一下子不适应，脑子里还轰鸣得厉害。过了很久，他才悄悄扒开一条胳膊，从缝隙里看见了微微的天明。他挣扎着爬出以各种奇怪的姿态缠绕着他的死尸，爬到了那天光的底下。凌晨的空气里有一丝水的气味，但大地是灰的，很多地方还在燃烧。乌青的烟熏烤着土地、早已枯焦的荒草灌木和肮脏的、备受凌辱的士兵的身体。

来福在地上坐了不知道多久，他往大地的尽头看，看到青黑色的山的轮廓，峰顶像刀刃一样尖削。他摇晃着身子站起来，发现自己竟然没有死。他往后看，是一望无际的飘着青烟的大地。于是，他就朝着山影的方向走去。

那么多的尸体，一堆堆的尸体，没有个尽头。来福想到那些堆积如山的名册，到头来都变成了这堆积如山的尸体。他总也走不到一个没有尸体的地方，看不见一个活着的、能站起来的人。人啊，人啊！来福越走腿越软，什么东西一直往他心里钻，紧紧揪抓他的心，又像是有一种火烫火烫的气体涨满他的肺腑，要把他的胸腔烧裂开。

他突然跪下了，"哇啦哇啦"地大哭起来。他的手一会儿指向天，一会儿又猛抓地上的土，一会儿又揪自己的衣服，他哭得撕心裂肺，好像要把那些肺腑里的东西都吐出来，他只觉得那些东西要是滚滚流淌出来，就能像黄河的水一样把什么都淹了。而他始终也不明白那是些什么，那些模模糊糊、让他痛苦万分、流淌不尽的东西究竟是什么！

来福哭倒在地上，力气耗光了。他看见远山的峰顶渐渐明亮起来，猜想太阳就要从那后面升起来了。然后，在恍惚之中，他看见大地的远处晃动着一团团灰色的影子。那些影子越来越近，直到来福看清那是一些端着枪的军人。他们把来福拉走了。

来福和其他的战俘白天劳动，晚上就挤在小小的房里，倒是听了不少广播。来福从广播里得知老人所说的要打的"大仗"是个伟大战役，他也知道了在他们被围困之后开戗的那四天之中，他们这些敌军至少被打死了三十万。广播里的声音都好听，还搭配着唱歌声，让人听了只想大踏步地往前走。只是有些官话来福还听不太懂，一听到那些"杀敌六十万""歼灭敌军八十万"的广播，来福的耳朵和心窝子还会发疼。来福知道那是怎么一回事，那就是没边没沿儿的死人堆，就是阴差们要赶工圈点的名册子！那些死去的兵都是像他一样的穷人，是有爹有娘的孩子，他们刚好扛着谁的枪好像也不是他们自己决定的。但他不敢说，他想别人高兴欢呼也许都有道理，世上有那么多大事，人又算得了什么？

有一次，上头给战俘开会，还派了人来教歌，教的歌名叫《我是一个兵》。每个人都要跟着唱，要唱："我是一个兵，来自老百姓,打败了日本侵略军,消灭了蒋匪军。"要唱:"嘿嘿,枪杆握得紧,眼睛看得清,敌人胆敢侵犯,坚决把他消灭净……"来福唱着:"我是一个兵,我是一个兵……"唱歌时他想起来了很多东西,没有一样看得分明,但那些东西绞成一团,像一大团影子在他眼前晃来晃去。他看到自己蹲在那个大院子里,太阳照在他们身上,汗往下直流,然后他端着碗挤到大锅前面,锅里有菜汤和肉骨头……他想起日本人端着枪走近来,乱七八糟的枪声响起来,他扣动扳机,那个不认识的人就在他前面倒下去了,血从头上喷出来。"我是一个兵",他唱着。他想起一辆一辆大卡车在土路上往前爬,载着被枪炮打死的士兵的尸体,不断有死人从车上滑下去,掉进两边的深沟,那一条条土路就像蚯蚓一样在他眼前扭动着;他想起黎明时扛着粮食、牵着牛走在撤退的山路上,还想起溃烂的腿、军医的针线和昏迷中做过的错乱的梦。"我是一个兵",他跟着大家一起唱。他想起那颤动在大山顶上的小星,那三个抬着担架、挑着菜担同他在漆黑中说话的士兵。他唱着,声音沙哑,泪和鼻涕在脸上流成一团。他们都死了,他想。他哭得更厉害了,周围的人静下来,他知道所有的人都不唱了,都在听他哭,但他控制不住,喉咙里仍发出被压抑的、浑浊不清的气音、唧唧声。等他终于止住哭的时候,他听见一个好听的声音问他:"赵来福同志,和大家说说你为什么哭。这是悔改的意思吧?你过去有很多污点,今后只要提高觉悟、好好改造……"

来福心里对那声音感激，他正想说些感激的话，可他竟又止不住哭起来了，他管不住自己的喉咙，就像一股大水把它卷走了。他肩膀的旧伤复发了，有东西在里面烧它，又有手往两边撕扯它。"疼啊"，他真想喊起来，可他哭得趴到了地上，因为情绪激动而被拖出了会场。他一个人躺在小屋里的时候，还听见会场那边在唱歌。歌声像风一样，一阵阵吹过来。

终于不打仗了。赵来福并没有像别的俘虏一样被送回家乡，因为他曾加入革命队伍，却反复叛变投敌，所以被送到一个农场劳动改造。他不知道自己要在这里待多久，也没有任何人告诉他。来福像牲口一样卖力干活，希望能早日被遣送回家乡。他确信娘已经死了，但他还是想回到自己出生的地方，见到些叔伯亲人。他也要给父母上坟。他如今常和别人说起他的家乡后石羊，他描述那些沿河的桃树林，一望无际的大平原，颍河的汛期，好像他不久前才离开家乡。

每年的春节过后，都会有些改造好的劳教分子被批准回家落户。来福每次都挤在窗户外面看那些人一个个被叫进去，和干部谈话，过后满面红光、仿佛有些羞怯地跑出来。来福忙着帮他们收拾行李，送他们到场部的门口，铁门关上，走的人顺着铁门外面一条宽阔的沙土路走了，而来福他们就在里面看着。

来福太想回家了。打完仗了，他想，我的亲戚总还有活着的吧?他还想着如果继父活着他便要养活他,他还要看看小时候欺负过他的那些野孩子。来福就一直等着自己被叫进去,等了太久了。但他发现最近几年,进来的人越来越多,离开的人越来越少。他终于忍不住了,就自己走到干部的办公室里去了。

他是个笨嘴拙舌的人,干部一问他,他就开门见山地说自己想回家落户。办公室里有三个干部,都抽着烟,听了他的来意觉得好笑。

一个干部说:"赵来福,你给国民党蒋介石部队当走狗,加入我军之后再次叛变投敌当逃兵,你不知道你的罪有多重吗?"

来福也是有些准备而来,他回答说:"我一个孤儿,也不识字,人糊糊涂涂的,被他们抓走当兵,我也不知道啊……我也没有当逃兵,是他们又抓住了我,我也不知道啊,我过去不知道好坏,所以要……干部们要来改造我。我不怕干活……"

坐当中的那个戴帽子的干部说:"干活谁都会干,怎么就得轮到你回家?你倒是说说,你有哪些功劳让组织上特别考虑你。"

有哪些功劳?来福又流汗了。想了一会儿,说:"我干活卖力,像牲口一样下死劲儿,不信你问我们的队长。我不怕苦,重活、苦活我都是抢着干,"他看了一眼当中的干部,突然急切地说,"求求干部、上级,让我回家吧,我几十年没回过家了,让我……我干什么都行,只要让我回家。"

干部们看他语无伦次的,都想逗逗他。始终没问话的那一位开口了,他故意声色俱厉地说:"干重活就是功啦?你以为就你自己不怕苦,不怕累?你这样的,再改造二十年、三十年也不够。你还敢纠缠领导,还说自己有功?你有什么功?杀人民战士的功?"

来福被他这一番话说得愣住了,半天缓不过神。后来,那句"再改造二十年、三十年也不够"的话让他心凉了。他不明白为什么自己的罪会这样深,他并没有犯什么错,他杀人那都是别人给他的枪,他站到哪边都得杀人,那是他的命,因为他就是个兵。他不明白这些怎么都变成了自己的错,他究竟错在哪里?他也杀过日本人,那不也是保卫国家吗?他也是穷人出身,他没有偷过谁、抢过谁。他现在怎么就变成了罪犯,怎么就连家也不能回?他看着这些人正嘴角带笑地瞅着他,还喷着烟雾,有些恼了。他又看了他们一会儿,憋足劲儿闷声说:"打仗时我也杀过日本人,这是不是功?"他看见笑容从那些人的脸上消失了,那几张脸立刻变得又僵又冷。

"狗屁!"戴帽子的干部骂了一声,"叛徒,滚出去!"

来福看了另外两个人一眼,他们正冷冷地盯着他看。来福知道什么都完了。

他从干部的房子里走出来,看见外面白花花的场部大院,还有紧紧关闭的铁门。越过铁门,他看见外头他每日在其间劳作的田野,被风吹得歪向一边的树林,远处灰色的小丘陵。他心里反而像一块石头落地了,什么都完了,他不用暗暗揣着那些希望了。

后来,这样那样的批判会上都有他露脸。每个人都知道大运动来了,总得有人被批判,总得有人出来承担。好在他们并没有让来福吃太多苦头,谁都知道他是个目不识丁的老实人,只是脾气倔、不会说话。他们顶多用绳子把他双手捆绑在后,再在他脖子下面垂一块大黑板。没有批判会的时候,他就依然随了别人去劳动。他把他的力气、眼泪都洒在自己耕种的田地里。

有段时间,来福特别喜欢扛东西,他把所有能扛的东西都扛到肩上,于是,他被日本兵射穿的肩膀老伤终于复发了。他谁也不说,忍着疼不吭声,也不找医生要酒精。他感受着有老伤的地方正一天天溃烂,直到有一天肩膀烂得再也抬不起手。他不能干活了。医务室的人来给他上药,但伤口已经严重感染。在以后的批斗会上,赵来福终于得以缺席。他躺在一张被褥破烂肮脏的小铁床上,经受着高烧、幻觉、疼痛的折磨。

他的整条手臂都肿烂了,皮肉变了色。慢慢地,连疼痛感也迟钝了。那些来看他的劳改分子如今都知道,这个伤口是打日本人时落下的旧伤,子弹从来福肩胛的下面斜穿过去,他们终于知道,赵来福这个叛徒、逃兵、墙头草还真打过日本人。

来福躺在那里,有些回想起来的事和幻觉已经分不清楚,白天和黑夜也分不清。他听到老人家在他耳边说："你爸叫赵德明，你娘叫刘桂香……"他必须记住这俩名字，到了阴间也好去问去找。他又看到母亲手上戴着的小银戒指，闪着光亮。她看上去那么干净、暖和，在给他缝补小褂；她又带他到桃园里，给他摘带红嘴的桃儿。娘啊，他想喊她一声，她却转身不见了。他又回到了山路上，躺在摇摇晃晃的担架上，担架的那个兵走在他旁边，哈出一团团白气。看见营地了，黑漆漆的像墓地，微弱的灯光像墓门打开了一条缝。我不要走进去啊，他挣扎着，喊着，灯光却离他越来越近。他慌忙闭上眼，突然有人从后面拉住他的腿，他回头一看，是那个喜欢大喊大叫的连长，他身边还站了一个女人。他饿了，往院子里走去，那么多像叫花子一样的人正蹲在日头底下暴晒，他们手里都端着碗，实在太饿了，咂巴着嘴直咽口水。然后，他们站好了，整整齐齐地，大家都紧挨着，大锅就在对面冒着热气。让他们排队的人突然变脸了，他叫人举起枪，朝他们扫射，乱哄哄的声音、肉都向他压过来。他就在尸体堆里爬着，没完没了地爬，远处的大山有一道亮边，太阳快要从那后面升起来。他惊讶地发现自己的手臂好了。他爬得更快了，要爬到一个干净亮堂、没有尸体的地方去……

"我要回去了。"他对飘在他上方的影子说，他不知道这些影子是谁。

"疼的……"他听见有人问，又听见吱吱啦啦的怪声音，有人在扯他的胳膊。

　　来福的手臂被锯掉的第三天，他还是死了。他的尸体就埋在场院外面某个低矮的小丘陵下面。没有人给他写悼念词，没有人为他立墓碑。异乡的一座孤零零的土坟埋葬了他——一个糊涂、笨拙、没有籍贯的兵。

2007 年 11 月 24 日于新加坡

爱

在新任的牧区医生还未来到以前，一些喜欢打听的居民就得到了一点儿关于他的消息，知道他是医学校毕业的大学生，曾在城里的某医院工作，还是个未婚的年轻人……这类消息总会从某个缺口透露出来，再经由女人们的嘴渲染、流传。尽管有了各种消息拼贴而成的印象图，但新医生来的时候，人们还是有点儿吃惊，因为他比他们想象的还要年轻得多。根据他的经历，他们猜测他至少有二十五六岁，但他的样子看上去更像个学生。和这一带的青年牧民比起来，他个子有些矮小了，脸色也有点儿苍白，不像其他青年那样留着唇髭。即便在他笑的时候，他也显得有点儿严肃，但精明的人能看得出，那并非严肃，而是小心掩饰的拘束。和以往的老医生不一样，他从不大声向病人询问病情，也不会因为他们对针头胆怯而哈哈大笑，如果不出诊，他总是在他的药房里坐着，穿着白大褂。

这个年轻人叫艾山，当他第一天来到牧区诊所时，他发现诊所和兽医院竟然是在同一个院子里。诊所也就是刷了白墙的两间平房，一间是药房，一间里面放着两张床和四个陈旧得快要涣散的输液架子。在院子的一角，一间孤零零的小房就是他住的地方。他猜想前任的医生是一个不怎么清洁的人，因为不管是诊所还是住房里面的墙壁都很脏，桌子上、药架上落满了灰尘，他不得不做一次大清理。他对牧区的工作没有什么幻想，但这样的简陋还是让他失望，尤其当他听到院子里那些被人强按住的牲口发出的嚎叫声时，他感到自己的职业被侮辱了。开始的一些天就在沉闷而又略有些烦躁的情绪中度过了。但他是这样一个温柔谨慎的年轻人，连他的烦闷不安也是轻柔的、悄无声息的。无人察觉这年轻人陷入了对未来生活的迷惘中，因此也就无人知道他从某个时候起又突然感到这迷惘不再困扰他了。他深知自己的弱点，感到自己并不是一个会有远大前程的人，这样，他就不再为职业上的事烦恼了。

渐渐地，他发现牧区的生活也有他喜欢的地方，尤其当他出诊或调查牧民健康情况的时候，他骑在那匹温顺的褐色老马上，望见远处坡地上云块一样缓缓移动的羊群，他会仰起脸深吸那混杂着青草、羊毛和牛奶味的空气，观看头顶那潭水一样蓝而且静的天空。需要去较远的牧民聚住地时，他常常骑马走上一两个小时。他在途中发现了一些不知去向的小河，偶尔会看见羚羊和鹿。在路上，他很少遇见别的人，苍茫的草场上和天空下，只有他和他的马，有时候他会突然间忘了他是走在一条通向某处的路上，是要往哪个地方去。有人劝他买一辆摩托车，但他更喜欢骑马，因为马是活的，它们体恤主人，是路上的伴侣。牧区的病人并不多，因为牧人不娇气，不会把小病放在心上，而严重的病，他们就会去县城里看。更多的时候，他就只是坐在那间白色墙壁、蓝色窗框的简易药房里，等待病人或是看书。有时候，这种日子难免会让人感觉单调、孤独，但这孤独仍是他可以忍受的。

圣纪节过后不久，富裕的牧民阿克木老人给第四个孙子摆周岁酒，邀请了附近的男女老少一起去热闹。让艾山惊讶的是，阿克木老人也邀请了他。一开始，他有点儿不知所措，因为除了看病、日常事务来往和礼节性的交谈，他在这里还没有一个可以说话的人。他反复想到的一个难题是，在人们熙攘往来的房子里，他应该和谁说话，而如果没有人和他作伴，他独自待在某个角落里，会不会被人可怜、笑话。可他又有点儿兴奋，因为他也许可以借此机会认识一些附近的年轻人，这些年轻人不会无缘无故跑到诊所来，而他平时也不会主动接近他们。毕竟，有一些朋友，生活会容易一些。

在宴会举行前两三天的时间里，只要一空闲下来，艾山就会想到这件事。一个孤独的年轻人总会有细致的想象力，他想到了让他最尴尬丢脸的场面，也想到了一些散发着模糊的温暖光晕的画面，所以，他一会儿犹豫不决，一会儿又兴致高昂。

最后，他跑到他住的那间局促的小屋里，从箱子里翻出来一条白色的袍子，袍子的袖口和领口都镶着针脚精致的、淡绿色的滚边。这是他母亲给他缝制的。由于压在箱子底下太久了，轻柔的布料起了褶皱。艾山把袍子在清水里浸了一会儿，然后把它晾在院子里绑在两棵小树上的那条绳上。

周岁酒在那一天晚上举行。下午，艾山仔细洗了头发，把下巴和脸颊刮得很干净，然后，穿上了那条袍子。他在洗脸盆上面的那一块残缺一角的镜面里打量自己，他感觉自己打扮得还算整洁，他尤其喜欢母亲给他缝制的这件礼服长袍，他喜欢那淡绿色而不是红色、金色或亮紫色的镶边。但他看到镜子里的自己长相平平：他的鼻梁有点儿扁平，毫无特点的嘴巴不大不小，也许他脸上唯一好看的地方是他的长睫毛，可这算什么呢？他又不是个姑娘，并不需要这样的长睫毛。

五点多的时候，艾山往阿克木老人的家走去，他没有骑马，因为阿克木老人的毡包离诊所这里走路只需要三十多分钟。他走在余晖渲染下的草坡上，穿着白袍。路上，他看见一些归牧的牛群，还有几个骑马赶来的临近地方的牧民，其中有一两个裹着色彩鲜艳的头巾的妇女。他听见赶路的人含糊的、由远而近的交谈声，以及归牧的人单调的吆喝声，但他什么也没有听清楚。他想着他自己的事，对自己不够满意，还有些说不清楚的不安，但他仍然兴奋、快乐。当他看到站在阿克木家那个大毡包外面的一群女孩时，他才恍然大悟，他所一直担心、害怕的正是她们。而她们正叽叽喳喳地说着话，做着手势，有两三个女孩突然神秘兮兮地朝他看过来，似乎她们正在谈论着他。

他硬着头皮经过她们身边，而她们低低的笑声传进他的耳朵里，这笑也像是冲着他来的。于是，连他的耳朵也红了。他钻到毡包里去了，看到里面有更多的年轻女人，但也有很多男人。阿克木老人的小儿子嗓门很大地迎接他，这个腼腆的外地年轻人的到来似乎让他脸上有光，他拍着艾山的肩膀，好像他们已经是很好的朋友了。后来，一些脸熟的人走过来和他说话，还有几个找他看过病的妇女。他觉得舒服了一点儿，不那么热了，他的心跳逐渐平稳，开始悄悄打量周围的人。慢慢地，有不认识的年轻女人上来和他说话，她们问他有关胳膊上莫名其妙起的小水疱，被马咬后留下的伤疤还有突然出现的眩晕，有个女孩说她的耳朵里经常有轰鸣声，还有个女人说她夜里老是做吓人的梦，问他有没有什么药可以治。不管那是否可笑的问题，他总是细心地替她们分析，尽量找到答案，但每一次，他都对自己的回答不满意，过后总觉得那样的回答太仓促含糊了。客人们走来走去，而他似乎就一直站在他进来之后选定的一个地方，一个灯光稍暗、不容易引起注意的地方。

吃饭的时候，艾山被邀请坐在重要人物的一桌，那一桌上有主人阿克木老人、他的长子、二儿子还有两个牧区的干部、三四个他不认识的年龄较长的牧民。他觉得别扭、难受，却找不到借口推辞。有人开始悄悄议论这个坐在尊长者之间的年轻人了，他显得多么年轻、害羞呀！一个可爱的、涉世未深的人。

当别人和他说话时，艾山总会专注地听着，很有礼貌地点头，而大部分时间，他只是低头盯着眼前的杯子、盘子。不知道从什么时候起，他隐约地感到有一道目光不断朝他看过来，但每当他循着感觉的方向看过去，他却只看到一些因为欢笑而颤动、闪烁的女人的身影。他不好意思朝那个方向一直寻找，但他觉得那双眼睛就隐藏在那些影子中间，它悄无声息地注视自己，于是他的每一个动作、每个表情都落在这目光构成的透明的网中，无一逃脱。他又开始不安了，他调整着自己的位置，一点点地侧过身子，可他觉得他并没有摆脱那道目光，它就像一个轻盈灵巧的飞虫，在他发梢、衣领和背后飞动。

那些人劝他喝酒，他们让他喝了太多的酒，因为他不会拒绝，因为拒绝要说很多客套、聪明的话，看起来他还不会。所以，他的脸涨红了，他用手扶住自己那低垂的额头。突然，他抬起头，他那双明亮的眼睛飞快地朝一个地方看过去。只此一下。然后，身边的人又和他说起话来了，他于是带着儿子般亲昵而温顺的神情看着那个长者，眼睛里闪动着惊奇的亮光。在旁人看来，这年轻人已经有点儿醉意了。可他自己却正为一个发现而欢喜，他似乎找到那双眼睛了，他刚才捉住一双迅速闪开的、有些惊慌的眼睛。她坐在一群女客人中间，娇小，毫不突出，但她那双眼睛，她垂在脸庞两侧的黑头发……一瞬间，他的心里被一种欢喜、甘甜、涌动着的东西充满了。但他如何能确定那就是那双眼睛呢？也许它早就躲开了他，而她只是不经意地碰上了他的目光。他假装专注地听旁边的人对他说话，而他一句也没有听到心里。在心里，他有些迟疑、迷惑，还有种说不出的快乐。

酒席松散了，人们又开始四处走动，有的人到毡包外面去了。这中间，一些女人从她们坐的地方起身，围到满周岁的男孩和他母亲坐的桌子那儿，她们逗那孩子，孩子却不解地哭起来。有些住在较远地方的人开始告辞了，阿克木老人站在靠近门的地方，和要离开的客人告别。但不少人兴致还很高，男人们还在喝酒，准备闹腾一阵。这时，他突然发觉她不见了。迷迷糊糊中，他也站起身，走到外面去了。他看见天空中的半轮月亮和一些稀疏的星星，还有一些人骑着马离开的影子。也有人骑着摩托车走了，那起初尖锐的震动声慢慢变得廖远、寂寞。一些女孩在不远处站着，围在一块儿说笑。在这些影子里，他都没有找到他要找的那个人。他向堆着干草垛的空地那边走去，不知道为什么，他只是想往更远的地方走。在他那双朦胧的眼睛里，干草垛就像贴在夜幕上的剪影，像是在草原的另一边。

他有点儿累了，在一个草垛下面坐下来，夜里的凉气渗透了他的袍子，可这凉意多么清爽。他嗅闻着干草松软的香气，不知怎么想起了炉膛里刚拿出来的热香的馕，他仿佛又看到一双柔软的女人的手，看到在奶白色的晨雾里显得乌黑湿润的女人的头发，仿佛听到了纱一般轻柔的女人的说话声……但最后这一点似乎并非幻想，因为他真的听到了女孩的说话声，这说话声越来越近，他发现已经到了干草堆的后面。

"是真的吗？可是……可是，你都对他说了什么？"一个女孩压低着声音、激动地说。

"没有，我什么也没有说。我怎么能说呢？"另一个女孩声音微微颤抖地说。

"可他怎么知道的？他不是已经知道了吗？"

"他好像发现了，我感觉他已经知道了。"

沉默了好一会儿，一个女孩喃喃地说："感觉，多奇怪的感觉。"

"你不会对别人说吧？"声音颤抖的女孩怯怯地问。

"啊？你怎么想的，我当然不会！"爱激动的女孩几乎叫出来。

"好了，好了，你不会说的，我知道。我只告诉过你一个人。"她说。

坐在那儿的艾山一动不动，几乎不敢呼吸，幸好他被掩藏在草垛浓黑的阴影里面。于是，那声音就从他身边经过，两个女孩边走边说，趁着月光往毡房那儿去了。他知道其中没有她，但他仍然觉得她们每一个的影子都很美。他无意中听到了她们的谈话，她们的秘密，可他不知道她们是谁，她们爱上了谁。这一切，在他想来也很美。

他又回到毡房里，可她并没有在里面，她那桌上的女人都散了，桌子空下来。他想她也许已经走了，这使周围一切热闹、耀眼的东西突然间显得黯淡无光了，他发现他之所以走出去、又回到这房子里来，这一切只有和她联系起来才有意义。但他不好意思马上走，尽管他心里焦急着。仿佛有一种不近情理的、模糊的希望在催促着他：如果他早点走出去，也许还有机会在路上遇见她。他仍然站在那儿耗了几分钟，和阿克木的小儿子说着话，他终于记住了他的名字——帕尔哈特。随后，他终于找了个机会向阿克木老人告辞了。他匆匆忙忙地走出去，看到有人忙着套马车，有人还站在靠近路口的地方说着话。他隐约怀着那个希望，但又极力否认它。一方面，他被那种无法解释的愉快情绪充满着，另一方面，他又想让自己从这让人晕头转向的愉快里挣脱出来，冷淡地不去相信关于那目光和那个女孩的事儿，把它当成错觉、自己幻想出来的东西。

这时，他突然听见有人叫他的名字，他抬头看见路旁站着一个身材高大的妇女，她正关切地问他是不是没有骑马。

"我没有骑马来，我住的地方很近。"他有点儿吃惊地看着她说。只有一点月光照在她的脸上，而那张脸的轮廓又被围巾遮住了。可他猛然想起来，这个女人在毡包里和他说过话，而且，她和那女孩坐在同一张桌子。

"街上兽医站那儿？我知道那个地方。"女人说。

艾山笑了，没有说什么。

"还有一段路呢，"女人又说，"你搭我们的马车吧，我丈夫一会儿就过来。"

艾山本想说"不用了"，但他突然改变了主意，如果他坐上这女人的马车，也许可以听她谈到她……

他谢了她，站在路口那儿和她一起等着。然后，他看见一个壮实的、敞着怀的中年人慢悠悠地赶着一辆没有篷顶的马车过来了，在他后面，侧身坐着一个女孩子，当马车快到他们跟前时，她朝他们招了招手。就像做梦一样，艾山看到了酒席上那个娇小的女孩。

"那是我女儿。"妇女说。

"上车吧，年轻人！"中年男人显然已经醉了，满面笑容地朝他大声喊道。妇女绕去另一边上了马车。他看见那女孩往中间挪了过去，于是，他上了车，坐在她刚才坐的地方。

马慢慢跑起来了。车上的地方并不宽绰，在车子微微颠簸的时候，尽管他双手很用力地抓住车缘，他仍会偶尔碰到她。他起初有点儿紧张，他们三个人挤在一起，而他离女孩的头发、手臂、衣服都那么近。但他发觉她并不在意，她那么自然、快乐地坐在那儿，有时朝他靠近，有时又缓缓离开他。她那自然的态度感染了他，他不再担心了，反而希望途中能够多一些颠簸。他的双手也不再紧抓着车缘了，在身体每一次自然而轻微的碰触中，在一个女孩的气息中，他感到一种从未有过的甜蜜、温暖。而每当颠簸过去，他们之间重又有了空隙，他就感到失落。没有人说话，只有赶车的男人不时和马吆喝着说上一两句。突然，女孩用手肘轻轻碰了碰他，说："他和你说话呢。"

艾山从恍惚的意识里醒过来，听到赶车的汉子在讲他的牛得的奇怪病。但他也不确定男人是否只是和自己一个人讲。他有点儿费解地看看那女孩，那女孩也看着他笑了。

艾山对那男人说："带它到兽医那儿看看吧，牲口有病要尽快治，怕它传染。"

男人说："是啊，是啊，要去看看，牲口有病一定要去给它看，牛马不会说话，也不知道它们哪里难受，比人更可怜。我自己呢，就从来不看病，我这辈子还没有进过医院，真主保佑。"

女孩却凑近艾山耳边小声说："去年肉孜节的时候他喝醉了，摔伤了腿，我们带他去过城里的医院。"她的语气和动作里都透出一种熟悉的亲昵。

接下来，又没有人说话了。艾山望着前面，月光下的路像一条银灰色的带子，远处的草原是一片巨大的暗影，隐匿在苍茫之中。体型匀称的马儿踩着碎步紧跑着，一切白日赋予的颜色都模糊、消失了，草原的气味在夜里却更加浓烈而单纯了。带着一股有点儿昏沉的醉意，艾山看到的一切仿佛都带着虚幻般的美好。车子慢下来了，晃晃悠悠地停在了一个地方，艾山这才发觉已经到了诊所院子的门口。他慌忙跳下车，和这家人告别了。

他走回小屋里，对刚刚的经历还有点儿将信将疑。这仿佛是个美梦，这么说，就像他渴望而又不敢想象的，他刚好和他要寻找的那个姑娘坐在同一辆马车上，而且，她还对他说话，他们像小孩儿一样无拘无束地靠在一起。有一会儿，他呆呆地站在桌子前面，回想着在昏暗的夜光中的她的脸庞，衣裳的暖意，还有那条往远处延伸的路……那么美好！这都不像是真的，却是真的。他不知道在桌子前面呆立了多久，然后他醒转过来，于是走到门后的那张椅子那儿坐下来。在那儿，他又发呆了，坠入到没有止境的回忆和幻想中去。他想到他骑着马去了她家，她把他迎到毡包里，他们在那里面坐着，只有他们两个，她穿着冬天的厚厚的袍子，眼睛在炉火跳动的影子里显得更黑了，她的小毡鞋几乎碰到他的皮靴子；他们又仿佛坐在同一辆马车上，但那是另一辆马车，另一个旅程；他还看到她正站在一个洁白崭新的毡包前面，晾着衣服，衣服被风吹得鼓鼓的，像是要飞走了一样。他想到恋爱、结婚、未来的生活，这些事说起来多么平淡无奇，这就是他的父母、他的兄弟都经历过的，可它们又是多么奇特。这一切仿佛突然之间离他很近了，而以往他却觉得很遥远，遥远得他都不愿去想象。

他终于站起来，走到外面去了。这间小屋太局促了，似乎盛不下他那不着边际的幻想和激动的情绪。他去井边打了一盆水洗了洗脸。他回到房间里，脱掉身上那件白色袍子，换上了一件平常穿的厚布袍，在床上浑浑噩噩地躺了一会儿。然后，他发现自己又站在院子的大门口了，就在他刚才下车的地方。眼前是一条白净、单薄的小路，两边孤零零的几间平房店铺都藏匿在沉沉的阴影之中。他猜想那家人已经到家了，马儿在棚子里拴好了，嚼着草，毡包里各处的灯都熄灭了，女孩已经躺下了，可能正沉沉地睡着，也可能仍然睁着她那双可爱的眼睛。如果他知道她所在的地方，如果那个地方是他能够走到的地方，他现在就会往那儿走去，哪怕走上一整夜，走到明天早晨。这时，艾山才想起来，他对于这家人一无所知，他没有问他们的姓名，也不知道他们住在哪儿。他不禁感到懊恼，但这也没有冲淡他那有点儿眩晕的幸福感，他已经像个恋爱中的年轻人了，而对于这种人来说，仿佛一切的困难都可以抛诸脑后。

第二天凌晨，当他终于在床上躺下来的时候，他用了很长的时间想找一个适合她的名字：阿拉木汗、帕拉黛，还是古丽夏提？似乎更像是巴哈尔古丽……于是，他最后决定叫她巴哈尔古丽。

他不知道怎样过了那两天，一切其他的事情，一切眼前所见，仿佛都从他的眼睛和脑海里飘过去，留不下一点儿痕迹。第三天，艾山晚饭后去找阿克木的小儿子帕尔哈特，在他看来，这年轻人热情能干，而且似乎很愿意和他做朋友。帕尔哈特很高兴，他又带艾山去找另一个年轻人，要把他最好的朋友阿里木江介绍给他。他们在阿里木江的家里坐了一会儿，喝了两杯酒。帕尔哈特想到外面逛逛，这也很合艾山的意，可他们一直拿不定主意。后来，阿里木江说，这么大的牧区，去哪儿不能走走呢。于是，三个年轻人从围栏里各选了一匹马。阿里木江还带上了酒和热瓦普，帕尔哈特对艾山说，阿里木江是这一带最会唱歌的人。

　　他们往牧场的北面走。天上堆积着小朵的、瓦片般的云，但月光仍然很清亮。草场上交织着银子般的月光和一些奇异的阴影，似乎还笼罩着一层淡得看不到的雾气。他们时缓时急地骑着马，并没有一个明确要去的地方。阿里木江是个充满活力的年轻人，他喜欢突然停下来，朝着远方喊两声。每当这个时候，帕尔哈特就会对艾山说：阿里木江亮嗓子了，他要唱歌了！可阿里木江并没有唱。他们不知道骑了多久，中间经过一些坡度柔和的高地和山坡，还经过了两三个牧人住的毡包。后来，马儿来到了一条很浅的小溪边。他们在那儿下了马，让马自己去喝水。

　　三个人就在溪边找个地方坐下来，把阿里木江带来的酒传着喝。过了一会儿，阿里木江终于弹着热瓦普唱起歌来。慢慢地，帕尔哈特跟唱起来，艾山则被阿里木江的声音和那些歌深深打动了。他痴迷般地听着，不唱也不说话。在他的脑海里，他刚刚走过的路和那天夜里他在颠簸的马车上看见的路重叠起来，这条路又仿佛是他为了要去寻找她而走的路。他想，他不正是因为她才和身边这两个可爱的年轻人走这么长的路、然后坐在这里吗？在路上，他一直想对他们说起她，说起那天晚上发生的事。这两天，他生活在怎样幸福却又焦躁不安的情绪中。一个人孤独地藏着这热切的秘密，这实在难以忍受。但现在，他那想要诉说的强烈欲望却平静下来了。阿里木江的歌声似乎把他带到远离语言的世界里了，在那里，他那可怕的孤独被融化了，他沉浸在倾听和想象中。而在想象里，他成了一个破衣烂衫的骑手，走着无休无止的路，只为找到那个躲藏起来的姑娘。

不知道为什么，他想起自己的母亲，想象着她年轻时候的样子，她经历过的那些爱慕、追求、思念……他把这美好的事联想到他认识的每个人身上，正在唱歌的阿里木江，像小孩儿一样轻轻拍着手跟唱的帕尔哈特……他联想到过去和未来，各个年代的人，各个地方的人，死去的、活着的、还未曾来到世间的人，无论窘困还是安逸，无论生活卑微或是出身高贵，他们都有那精细入微的能力感受爱，他们都会幻想爱、经历爱，他们会和他一样因为爱带来的欢愉和折磨在一些夜晚难以入眠，在白日里却又昏沉恍惚，这种美好的东西从不曾从世间消失过，这是多么不可思议！于是，他觉得那个美梦般的夜晚，还有这月光下的草原，这露珠的湿润，乐器的动人，马儿的忠诚，溪水发出的亮光，人脸上那突然闪过的幸福忧伤表情，都不是毫无理由地存在着，这一切，也许就是因为爱，因为它作用于世间的每个角落，发生在每一个人的身上。

  年轻人喝完了酒，收起热瓦普，要往回走了。他们不知道时间，但从月亮在天空中的位置看，已经是后半夜了。潮润的夜气就像沁凉的井水流遍了草原，风完全沉寂了，连天边那几颗星星也仿佛昏睡了。路上，他们比来的时候沉默了一些，各自想着心事。而艾山想的是，尽管他毫无线索，甚至也不知道如何向别人问起，但他总会找到他的巴哈尔古丽——那娇小的她。她那双灵活的眼睛，她的柔软飘动的衣服，她曾碰过他的手臂，她的前头翘着新月般尖角的小毡靴，这一切就在某个地方等着他。带着这有点儿盲目的乐观信念，他在马背上低声唱起了歌。

2010 年 12 月 30 日于休斯敦

蓝色时代

是谁欣喜呐喊　当蓝色诞生之时？

——聂鲁达

和其他高中二年级的男孩相比，他比较安静、不爱和父母争执。他母亲有时会困惑地说："这孩子应该是在叛逆期呀……"他父亲认为，他当年就没有经历什么叛逆期，儿子和他很像，所以也不会有叛逆期。而在他看来，他和父亲一点儿也不像，几乎没有任何相似的地方。他尤其不喜欢父亲说一点儿也不可笑的调皮话时那种哗众取宠而又笨拙的样子。但这些，他不会让他们知道。在他这方面，那些高中时期男孩们努力培养的"坏习惯"，他照样都学会了：蹲在厕所里抽烟、参与斗殴、看小电影……可他做任何事情都不至于太出格。只是某些时候，他感到自己仿佛在毫无感觉地拖着一个重得可怕的躯体，而有时候，他又觉得躯体才是空的，一些他说不清楚的、莫名其妙的东西却很沉重。当他感到迷惑时，他就会找些事情做，例如，约朋友到街上随便走走，或是上网冲浪。

暑假的某天晚上，他母亲从火车站接来了一个同学。那个女的要来省城办事，临时借住他家。母亲让他睡书房的折叠床，却让那个女的睡他的房间。他有些生气，但他想，要表达不满也要等到客人走了以后。所以，当母亲让他像小孩子一样叫客人"阿姨"时，他也忍住了怒气听话地叫了。但他的脸红了，叫完之后就马上走开了，觉得母亲这样做很可笑。他听见那个女的说："哎呀，你儿子长得还挺秀气的。"

"他呀？秀气什么呀？我整天说他小眼儿眯……"

他不愿意听下去，把书房的门关上了。

后来，他得知这位阿姨叫薛彤，是母亲高中时代的同学，离婚了。早上，他起得晚，父母都已经去上班了，屋子里就剩下他们两个。大部分时候，他都待在书房里不出来，但吃早饭的时候必然会碰见她。有时候，还不得不尴尬地和她一起吃。这时候，她通常会找些问题问他，例如问他的学习情况、上什么网、会不会经常聊天等等。当她说话的时候，她会直视他的眼睛。一开始，他也会直视她的眼睛回答，但很快，他就习惯性地低下头，退缩了。吃完饭，她坚持要收拾碗筷，他就又钻回书房里去了。在门的另一边，他听到她在看电视。他想：她长得并不美，只是看上去比妈妈年轻一点儿，因此，他不必不敢直视她。

她总在快到中午的时候出门，晚饭以后回来。当他听到客厅门重重关上的声音时，他感到松了一口气，似乎心又被放回了原处。于是，他走到客厅去，看电视或是躺在沙发上翻杂志。偶尔，他也回自己的房间看一看。她似乎故意不把门锁上。有一次，他拉开衣柜，看见她的一堆花花绿绿衣服挂在自己的柜子里。他有点儿惊讶地赶紧把柜子关上了。

她害怕猫。有两次，她敲书房的门，让他帮她把猫抱出来。他们家养的那只叫"佳佳"的猫喜欢睡在他房间里那张宽大的写字桌上。当他去抱猫的时候，她闪在房门的一边偷偷看着，不敢靠近。有一天，他注意到她没有在惯常的时间出门。中午，她煮了面条，叫他来吃。于是，他又要和她面对面坐在餐桌那儿，因为是否直视她和说什么话的问题而不安。

她问："你干吗天天躲在房间里？你躲在里面干什么？"

"也没干什么，上网、睡觉。"他说。

"啊，你的生活真不健康。你这么年轻，应该喜欢出去玩，到处去玩玩。"

他笑笑，没答话。这时候，躲在某个地方睡饱了的佳佳迷迷糊糊地走出来，抖动几下身子，跳到他的腿上卧着。她叫了一声，却没有逃跑。他叫她不用怕，因为猫并不随便咬人。

"我只是害怕它跳到我身上，我害怕毛茸茸的东西。"她说。

"它不会乱跳的。"他说,并且把一只手搭在佳佳的身上,防止它跳动。而猫没有跳动的意思,它又闭上了眼睛。

"你吃得太快了。"她又说。

他的脸变得发烫,这说明她一直在注意他,想必他吃面条的样子看起来很滑稽。他觉得自己被戏弄了。于是,他抬起头看着她说:"总不能像个女的一样慢。"

她没有说话,只是盯着他,嘴角上翘,浮动着一点儿笑意。他觉得自己不能退缩,他心里仍然在想:她并不美,我为什么不敢看她……有一会儿,他们像相互挑战一样直视着对方。最后,还是他先躲开了,带着一点儿受辱的感觉吃完了碗里的面。

他回到书房里,心仍在怦怦跳动。他走到窗户那儿拉开帘子,呆看了好一会儿,才发现外面竟然在下雨,纤细的、毫无声息的雨。他关上窗户,把帘子拉上,房间里明亮的光线一下子消失了,他就像把自己隐藏在了一个笼子里。然后,他躺在折叠床上,竟然迷迷糊糊地快要睡着了。这时候,他听见一声尖厉的叫声,他睁开眼,怀疑自己听错了,但很快又是一声。他拉开门跑出去,发现她贴着床对面的墙站在那儿,赤着脚,惊恐地看着他,朝床上指了指。他走过去,发现佳佳卧在床尾那块叠起来的毛巾被上。猫也受了一点儿惊吓,圆睁着两眼,机警地盯着发出叫声的那个女的。

"别害怕,我把它抱出去。"他转头对她说。这时,他看到她穿着一件很薄的睡衣靠墙站着。他发现,他所不敢直视的原来并不是她的脸,而是她的皮肤和胸脯。

她有点儿急促地说:"它不知道什么时候跑进来的,我刚才想躺一会儿,脚差点儿踢到它。吓死我啦。"

"猫有什么好怕的,它还怕你呢。"他说。

他把猫放到门外的地板上,转过身来,发现她就站在身后,像吃饭时那样看着他,只是离得更近。他觉得应该走,身体却立在那儿一动不动。然后,他发现自己被拉了一下,房门"砰"地关上了。他就站在她对面,她把背部紧紧地贴在门上。他发现房间里很昏暗,因为窗帘是拉上的,但却可以清楚地看到她睡衣下面的乳头。他觉得燥热憋闷,身上不停冒汗,还在想是不是她把他拉进来的。他离她太近了,他感到她的呼吸都在烧灼他。当她把他的手放在她胸脯上时,他一下子软弱了。而她的身体就像被某个火热的东西烫化了一样,变得柔软、黏稠,吸附着他。于是,他喘着气搂住她。这时候,他感到她在轻轻推他。在慌乱之中,他们已经倒在床上,亲吻、抚摸,就像两个饥饿的人一样。正在他想要揭开那块阻隔着他们的布、把手伸进她睡衣领口的时候,她猛然停顿下来,接着用力把他贴在她胸脯上的头推开了。随后,她挣脱着推开他的身体,站起来。他也站起来,因为震惊而不知羞耻地、呆呆地望着她。

"你走吧,快走吧。"她的声音低沉而坚决。她用手拢住蓬在耳朵旁的杂乱的头发。

他又愣了一会儿，然后转身朝房门走去。

"我没有想到……都怪我。"她在他身后说。

他困惑、愤懑，又无地自容，什么也没有说。

他回房间换了衣服，去找一个朋友。整个下午，他们都在玩"连连看"游戏。后来，朋友留他在家吃饭。回去的时候，薛彤和他父母都坐在长沙发那边看电视。她回过头冲他笑了一下，关切地问他吃好了没有。这种装出来的态度使他感到自己一下子就被疏远了。他发现父亲更卖力地表现幽默，因此显得比任何时候都滑稽可笑。

那天晚上，他没有睡好。他不断回想下午的情景，他那个东西就不断弹跳起来，令他兴奋又不禁感到羞耻。以往，他怎么也不可能想象到，他会跟和自己母亲一样大的女人做出这样的事情。他又想到她平时的样子，还有今天晚上当他回来时，她那种惺惺作态的样子。但每一个样子，即便是那些已经模糊不清的影像，或是让他费解的虚假、反复无常，都促使他更想和她睡觉。但他不认为自己只是想和她发生关系。他觉得自己真的喜欢上她了，是和以往都不一样的喜欢，而且这些天来，他的尴尬、躲藏都是因为这种喜欢。可见，他早就喜欢上她了。他对此有些疑惑，又感到不知所措。但他最后终于明白，其实，根本不在于他决定做什么，而在于她决定做什么。他不可能抵抗她的决定，他倒也不觉得这是他的羞耻。

将近凌晨的时候，他睡了一会儿。很快，他又醒了。他想象着早餐时候会发生什么，可过了一会儿，他听见外面的人在说话，听见母亲要父亲开车送薛彤去车站。他的血立时都往脑门涌来，心好像被狠狠地揪了一把。他们吃饭、寒暄，弄出一阵阵不大不小的嘈杂。随后，他们就都走了。他被遗留在毫无意义的空洞的安静中。他怀疑这是否一个不好的梦，但他看到蓝色的光线已经穿透窗帘，像往常一样，照在他的皮肤上，使它呈现出一种真实而丑陋的青灰色色调。他不理解这一切是如何发生又如何突然逝去的。

那天，他不想待在家里。他想了很多可能，最后决定去姥姥家。他骑自行车去，路上用了四十多分钟。后来，当他到了那条街上之后，他发现他很难确定姥姥到底住在哪栋楼里面。以往，他都是和父母一起来，父亲把车停在某个停车场，他们再从那里走到姥姥所住的那栋楼的后门。他跟着他们，从来没有留意记路。如果他能找到那个停车场，或许能靠着回忆找到那栋楼。但他很久没有来了，一些旧楼在拆迁，还有些地方在施工，光秃的街道上尘土飞扬，一团嘈杂和混乱，他确定他不可能找到停车场。他打电话问母亲，她吃了一惊。当姥姥给他打开门的时候，她比她女儿更吃惊，拉着他的手看了好长时间。

老人在她局促、破旧的房子里转来转去，想要给他找些吃的，但最后只找到了几根小黄瓜。然后，像以往每次见到他一样，她唠叨着小时候他跟着她时有多么捣蛋。可他并没有听得很厌烦，他只是偶尔有点儿跑神。他记得客厅的木窗户前面以前有一大片树荫，但姥姥说，他们最近把树都砍了。姥姥下楼买菜去了。他在屋子里仔细看了一圈。他发现姥姥卧室里的窗帘撑杆塌下来了，炎热的光透过窗户照进来。他小时候曾在这个房子里住过两三年，可他只剩下一些模糊得快要被抹去的印象。当他独自坐在屋子里、置身于破旧的家具之中时，他竟然又想起那个情景，想到她和他单独待在那个孤寂的屋子里……后来，他站起身，去储藏室里找到锤子和钉子，把塌下来的窗帘固定好。

晚上，他仍然回家吃晚饭。母亲对他的表现很满意，不断在饭桌上夸奖他，说了些"长大了""懂事了"之类令人反感的话。似乎为了回敬她，他说："我觉得姥姥一个人住不方便，你们为什么不把她接过来？"

饭桌上出现了短暂的沉默。

过一会儿，父亲说："我看她一个人也住习惯了，让她来她还不一定来呢。"

"你们也没有让她来啊，你们问过她吗？"他不想给他们留什么余地。

"以前也问过。"他母亲把这个话题敷衍过去。

后来，母亲提起薛彤，不满地说："总算走了。生活习惯不好，不知道收拾房间，还得跟在她屁股后收拾。"他有点儿吃惊，没想到母亲根本不喜欢薛彤。可她们两个在一起时，竟然显得很亲。那天夜里,他搬回自己的房间里睡。他拉开衣柜仔细看了一遍,她什么也没有留下。他躺在她头一天晚上躺的床上想着发生在他们之间的事儿,那也是他们昨天一起躺在上面的床。但母亲已经把床单换了。

白天,他像往常一样上网看一会儿帖子,但他发现这些东西不再像以往那么吸引他。他心里似乎有了一大块可怖的空缺,他现在的消遣方式都没法把它填满。他想起她的时候,就仿佛又置身于房间里昏暗的光线和燥热动荡的空气中,有时候他的身体甚至都有些发抖。他不得不在网上搜索小电影来抚慰突然鼓胀起来的欲望。那些赤裸裸的器官仍然刺激他,但他模糊地感觉到其中的不同:他们因为亲吻抚摸而渴望做那件事,那些人却因为要做那件事而需要不断去亲吻抚摸;他像是猛然陷入一个昏暗、拥挤的角落里,周围的一切都挤压他,他并不清楚自己接下来该做什么;而那些人却知道,他们处于一览无余的光亮之中……

他不知道是否还有可能和她在一块儿,抱着她倒在一张床上。他不能理解,为什么她要那么做,然后就走了,什么东西也没有给他留下。似乎,她就是为了存心摆脱他才匆忙离开的,可也是她把他拉进房间里、把他的手放在她的胸脯上的,她似乎从一开始就挑逗他,用她的眼睛。他不理解为什么他会被突然推开了,但有时他又觉得自己懂得一点儿。

他开始失眠,常常在半夜里睁开眼睛,看着头顶上方那些模糊的影子和暧昧不清的光线，光的中央似乎有些深绿色的、闪烁不定的光点，然后，它向周围泅成墨蓝色，直到变成更淡的、透明的烟蓝色。他比往常更频繁地自慰，甚至在白天，他也把自己关在房间里做这件事。他感到羞耻却又毫无办法。有一天上午，他站在阳台上，看着晾晒在下面院子里的、在风里蜷曲、摆动的白床单。他想到，如果他再不管住自己，也许身体和自尊心都会被打垮了。于是，他把自己积攒的零用钱拿出来一部分，买了一双彪马的跑鞋。每隔一两天，他在晚上九点钟左右出去跑步。

他跑步的地方是附近的一个小学校。因为是假期，周围没有多少行人，很安静。晚上，只有一侧的路灯亮着。他绕着学校的围墙兜圈子，一开始每次跑四圈，慢慢增加到八圈。校园里栽种的大树枝杈伸出围墙外面，浓密的阴影洒在他奔跑的那条路上。他跑完以后，就在这条路上走一会儿。有时候，他会突然想到某个细节，譬如她的头发落在他手背上的感觉。当他回过神，他看到枝杈之上的天空是暗蓝色的，那种深邃的蓝仿佛要把他带走、吸纳进去。他置身于静寂、阴影和凉风之中时，感到在他心里暴躁翻搅着的东西平缓下来，它们缓缓流淌，却似乎流进了更深的地方。

跑步之后，他睡得好一点儿，在那件事情上也变得比较节制。父母对他的新习惯很赞同，但显然有点儿费解。有一次，母亲问："你是不是准备参加学校运动会？我明白了，你想锻炼得壮壮的,引起那些女孩儿的注意啦。"她说完自己开心地笑起来,父亲也跟着笑。很快,他们的注意力转移到电视上去了。他从一旁悄悄注视他们,屏幕的闪光使他们看上去脸色苍白、毫无生气,父亲的嘴还微微张开,流露出一种呆滞的表情。他突然觉得他们有点儿可怜:他们什么都不知道,而且连这一点也不知道。

现在,他偶尔会在晚饭后一个人出去走走。家里太闷热,风很难绕过前前后后那些拥挤的、仿佛粘连起来的楼房吹进来,而且,他们总爱看那些虚假得可笑的电视剧。当他一个人走在街边,他会注意到路边落满灰尘的、脆弱的小树,无人照看的、独自奔跑着的小狗,街心花坛里那些正在凋零的花,某个站在街边的、赤裸着上身的肥胖男人……这些东西,可笑的、可怜的或是无关紧要的,似乎都能在他心里投下一点儿忧郁的倒影。有时,他的目光忍不住落在一个走过来的女人的胸部,那些微妙、柔软的突起既让他感到难堪,又勾起他的幻想。

某天晚上,他散步时经过一个旧书摊,稍微迟疑了一下,就被摊主规劝买了几本廉价书。于是,他意外地发现,对于心里面那块巨大的、可怖的空白,这些东西竟然有用。在他读这些书的时候,他感到有些空白像裂痕一样被填补了,但也有新的空白,渴求生长出来,一些他说不清楚却能感受到的东西。父亲无意中发现儿子成了一个阅读者,立即把这件事和他自己联系起来："我跟你这么大的时候也特别喜欢看书，只要能找到的小说、散文，我都看。不过，那时候的书可没有现在多……"他笑了一下，完全不信父亲说的话。他觉得父亲心里面有更大的空白，只是他根本不去想那片空白。

他更少出门了。家里只剩下他和小猫，他们的关系因此比以前更亲密。当他躺在床上看书的时候，小猫经常卧在他的脚边。某些时候，就在他把它抱起来的一瞬间，它的光滑的皮毛、柔软的骨肉竟让他联想到了触碰肉体的感觉。他有点儿羞愧地把它放回到沙发上或是他屋里那张桌子上。有时候，他朝它看过去，发现它也正在盯着他。它那双眼睛仿佛洞悉一切，又有种桀骜不驯的光芒。他对于这聪慧的动物反而有点儿害怕了。现在，小猫不再像以往那样等着女主人回来才讨吃的。当它饿的时候，它会找他，跟在他脚边一边跑一边仰头看着他叫。他毫无办法，只好去给它煮一个鸡蛋，或者喂它一根火腿肠。后来，即使女主人在家，它也会跟着他，它已经把他当作最信任的主人。

那天，他被邀请去一个朋友的生日聚会。晚餐以后，他们分成两桌打牌。有个行为一向开放的女孩宣布，如果她们这组最后输了，她就亲所有在场的男生。男孩们都为这个赌注尖叫起哄。后来，她们组输了，她果真履行诺言。她连续亲了好几个男生，嘴里还故意发出"啪、啪"的响声，其他人在一旁替她"加油"、拍手。他很紧张，因为他没有想好怎么应付，但他很清楚他自己一点儿也不想被她亲，而且，不知道为什么，她那张嘴在他的想象里成了一张粗厚的、男人的嘴。轮到他的时候，他只好仓促地硬把她推开了。大家都惊呆了，他尴尬地笑着说："我就免了吧。"那女孩瞪着他，眼里冒火。他知道自己这样做侮辱了她，也扫了所有人的兴，但不知道该怎么弥补。那女孩突然冲他嚷道："你有什么了不起，你以为你是谁呀！"她差点儿朝他扑过来，他们把她拉开了。结果是，她决定不再亲剩下来的几个男生。他猜想，他们当中有的人一定因此而暗暗恨他。接着，他们又喝了一轮啤酒，大家看他的目光都有些怪异。他突然觉得周围这些亢奋地吆喝着的人都很幼稚，忍不住在心里嘲笑他们。他也知道自己今后会更孤独了。

他赶晚班地铁回家，整个车厢里包括他在内只有五个人。在这个行驶于地下的明亮而空荡的匣子里，他更觉得孤独渗透了他，就像车厢里冰冷的空气一样。他明白自己为什么粗鲁地拒绝被那个女孩亲，他已经和以往不一样了，几乎成了另外一个人。地铁在尖锐的呼啸声中不断攀上地表又潜入地下，他幻想着自己正坐在另一辆车上去某个陌生的地方。可他知道，让他担心的不是找不到她所在的地方，而是被拒绝。

回到家的时候，母亲在他的房间里，把他吓了一跳。她说，薛彤打电话了，她有一个小电话簿忘在房间里了，让帮她寄过去。他帮母亲一起找，最后，在床垫和床头之间的缝隙里发现了那个小本子。

"她给你地址了吗?"他问。

"给了,刚才打电话时给的,我记下来了。"

"嗯。"

母亲又说:"麻烦!还得去邮局,邮局是不是都下班很早?"

"那我去吧,反正我没事儿。"

"真乖,那我把地址给你。"她很高兴地说。

他就这样轻易地得到了她的地址。第二天上午,他骑车去邮局把电话本寄走了。当他在信封上写她的地址和名字时,心里有一股莫名的激动,似乎这也是把他们联系起来的一种方式。他还想到,这看起来像是她特意布置的,她可能故意把电话本塞在那个缝隙里,以便让他知道她的地址。但对于这个猜测,他也没有多少把握。他犹豫了一下,没有在寄信人那栏填写自己的名字,只是把他家的地址缀在信封的右下角。

他放着她的地址,甚至经常拿出来看。他不敢给她写信,除此之外也不知道还能用它做点儿什么。不过,就像个经常寄信的人一样,他开始留意邮筒。他发现这个城市里邮筒少得可怜,它们隐藏在某些破落街道的角落处,脏得似乎已经废弃很久了。他想起他在书上读到的一句话:动笔写信这件事本身就表示……一切。但现在,人们显然已经失去了这一切。

那一天,他在书店里注意到一个卖明信片和卡片的专柜。或许是新开的,或许早就有了,只是他没有注意到。他以前从没有买过明信片，可当他走过去，随手翻看这些明信片的时候，心底突然泛起温柔的波动，明媚而又幽暗。他挑选了五张。

他知道自己为什么会买这些明信片，可整个下午还是犹豫不决。后来，他选了一张，在背面的横杠上工整地写下她的地址和名字，写好之后觉得字体工整得有点儿不自然。所以，当他在左下角写自己的地址和名字时，字体又太潦草了。他小心翼翼地在地址下面、最靠近边角的地方飞快地写下了一行号码。然后，他盯着那几个数字看了很久，不知道在她看来，这些数字是否有什么意义。当他把那张明信片扔到邮局外面的邮筒里之后，就像完成了一件沉重的任务，他感到身心的疲倦和松弛。

他计算着信件可能到达的时间，也计算着暑假还剩下的时间。不知道为什么，想到暑假即将过去，他竟然感到从未有过的忧愁。一个星期后，他预感她可能会给他打电话。他开始躁动不安，夜里也不关机，总是注意着电池的电量。每当手机开始震动，他就匆忙地跑过去，心里的火花又爆裂地燃烧起来：难道是她的短信？可并没有陌生的号码给他发短信，更没有陌生的未接电话。这样又一个多星期过去了。那天夜里，他突然觉得不用再等了。他从床上坐起来，把手机关掉。他想他现在可以确定了，她根本不想再见到他，她可能想像忘掉一个过失那样忘掉他。这样，他反而觉得平静了，不再受焦躁的等待和期盼的折磨。他开始等着开学。

那天晚上,只有他和父亲两个人吃晚饭,母亲去参加同学聚会了。母亲回来的时候,他正在餐桌那儿给猫准备鸡肝拌饭,因为它现在改变了习惯,总是在四五点钟吃一顿,再在九点多钟吃一顿。他发现母亲打扮得很漂亮,化了妆,还挂了一条水晶项链。

母亲很兴奋,没有换衣服就坐在沙发上对父亲讲她的聚会。她提到一些女人的名字,大部分他都从未听过。后来,她说:"上次住在咱们家那个薛彤,我今天才知道她得了乳腺癌,上次来主要就是到医大附属医院确诊的。她也没和我说,可能是怕我们觉得晦气。我今天碰见了晓棠才听说,还挺可怜的,可能回去就得做手术。不知道现在怎么样,我有空得和她打个电话。哎,挺可怜的,现在得癌症的真多……"

"真想不到,"父亲有点儿淡漠地说,"看上去还好好的。"

他把小猫带到阳台上喂。在从客厅流泻到阳台上的、那条带状的灯光里,他蹲下身,一动不动注视着那动物轻轻晃动的脆弱的头颅和它背脊的线条。吃完以后,猫满足地离开了。他拿扫帚把撒在地上的残渣扫干净,才回到自己房间。他听见父母在外面的说话声、洗澡间里传来的水声,直到一切平静。他倚着床头,在黑暗中不知道又坐了多久,然后他躺下去,凝视着头顶的黑暗渐渐变得模糊、含混。"癌症"这个词一直在他脑海里盘旋、飞撞,却缺乏真实的分量,因为他不明白这个险恶的东西对她具体意味着什么，他只能想象他所接触过的那柔软、美丽、丰满的东西渐渐干瘪、枯萎、消失，成为可怕的伤口……在晨光和梦境交织的那片蓝色光线中，他感到泪水一再涌满眼眶，可让他痛苦的却是些毫不明确的东西，这痛苦本身就是缥缈而充满疑惑的。仿佛有一个强大、虚浮而恐怖的东西笼罩住她的命运，而阴影落在了他的身上。在这阴影之中，他只觉得自己软弱、愚蠢而渺小。

假期最后一天的上午，他准备好第二天去学校要带的东西，把跑鞋刷洗干净。下午四五点钟的时候，他照常喂小猫吃了一个鸡蛋。将近傍晚时，他来到邮局，邮局绿色的大门和窄而长的窗户都紧闭着。他从车篓的袋子里拿出四张明信片，犹豫着是否写上"祝你健康"之类的话，后来却没有写，也没有填上寄信人的地址。他把明信片一张张、小心翼翼地投进邮筒，似乎它们可能轻易地被碰碎、遗失。然后，他推着自行车离开了。黄昏时橘色的光芒已经泼染在街道、楼房和路旁的大树上。上车之前，他又回头看了一眼：矮墩墩的邮筒孤单而静默地立在那儿，仿佛被遗忘在一切光线、色彩和阴影之中。

2009 年 7 月 17 日

暴风雨之后

他在半梦半醒时听到雨声，然后又睡着了。他做了一些零散的梦，梦里有嘈杂的声音，偶尔还有光在眼前划亮又熄灭。在临醒前的昏沉里，他意识到又是个暴风雨的早晨，他差不多是听着雷声和雨声慢慢清醒过来的。他光着身子走到窗前，在百叶窗的扇页间拨开一条缝隙，透过这条缝隙看了看那个苍茫、凌乱的世界——雨被风挟裹着一片片横扫过去，在阴沉的白日光线中，闪电在远处划过，像一条灰亮的树枝。

　　他躺回到床上，雷雨交加的早晨总是让人恍惚、困倦，似乎外面那个世界的狂暴让一个房间、一张床更惬意，甚至有种甜蜜的味道，它会让一个人沉溺在某种对琐碎的生活片段的回忆里——仅仅让些无关紧要的东西在心头掠过或如水中之物那样浮升、沉落，而后随手捞起一段适宜的往事，重新地细细品味。

他于是回想起那个早上，也是这么灰暗，一片片雨水也是这么狂怒地抽打着一切东西，闪电也像灰亮的树枝，但要古老粗砺得多，它曾经那么逼近，他眼睁睁看着它在不远处轰然炸开。他坐的那辆车猛地抖了一下，几乎弹起来，偏离了车道。在可怕的轰响中，他仍然清楚地听到她叫了一声。然后，车子又平稳了，在晦暗的暴风雨里继续行驶。他们几乎是在盲目中往前走的，因为雨刷已经来不及擦掉那些扑过来的雨，玻璃、镜子、一切都化成了雾，只有车灯的闪光融化在雾里……

那次他偶然搭乘一位朋友的车从奥斯汀返回休斯敦。他们之前并不熟悉，只是在一些聚会上见过面，他对她甚至没什么特别的印象。那天，他们走十号高速公路，如果正常的话，应该是两个半小时就能到达休斯敦市区。但出发后半个小时，就遇上了暴风雨。

一开始，雨还没下，只有电光在远处频繁闪动。在公路尽头低垂的天空下，这些巨大的灰亮树枝、龙爪因为遥远而悄无声息。他忍不住说："你看那些闪电，太美了。"她却转过头看了他一眼说："是挺美，你只看到它美，我看到了危险，对开车的人来说可不是好事儿，要下暴雨了。"她说话时嘴角露出一丝嘲讽的笑意，仿佛在讽刺他站着说话不腰疼的那种看客姿态。他的脸微微红了，一个人默默观看，不再轻易发言。天空一览无余，那些巨大的花在远处不停地蓦然开放又熄灭，这的确是他没有见过的奇特景观，他们正朝着闪电的方向行驶，闪电也朝着他们这个方向来，他们在彼此靠近。

他在欣赏着奇观的时候，注意到她的眉头微微皱起来，他觉得好笑，她的样子看起来很像他在康拉德小说中读到的气派肃穆的英国大副。很快，他听见雷声滚滚而来了，有一阵子，天空像夜晚般漆黑，闪电变成了红色。在他还没有找到机会要求停车调换座位的时候，硕大的雨点就劈头盖脑地砸下来，在路面上迅速卷起一股烟尘般的白雾，他这时候才感到倒霉。虽然关着窗户，他也闻到刺鼻的腥味钻进来，车里一下子变得潮湿了。她迅速扫了他一眼，似乎在说：现在你知道了？

雨从天空中倾泻下来，被风裹着肆意抽打车子和路面。高速公路变成了一条河，绞缠着电光和巨大的雷声，而他们还置身河底。她减慢了速度，但在这么一个到处白茫茫一片的河谷底下，无论怎么减速也让人觉得车子正在以危险的速度冲向一个不明之处。有一会儿，她告诉他刹车好像受潮了，不灵了，她轻踩着又试了几次，最后说没有太大问题。他因为让一个女人应付这种局面而不安，但又无计可施。她似乎在对付暴雨的空暇中还注意到了这一点，安慰他说："遇到这种情况，谁开都危险，我还不放心你开呢，男的总喜欢开快车。"他笑了，说："我还算是个理性的人。""理性"，她莫名其妙地重复道，似乎她不相信，而后她也笑了，但很快恢复了那种因过于专注而显得严肃的神情。

他本来以为风暴短时间内就会过去，可大雨没有要停的样子，雷电还在变本加厉，他现在真的觉得外面的一切都不美了。路面的水深起来，她说这样开车就像个瞎子，但他更担心的是车里进水，会突然在某个地方熄火。于是，他们认为必须找个出口停一会儿，等大雨过去。他按照她的指示打开了卫星定位，搜索附近的休息站出口，后来他们极其缓慢地换到右道上，遵循着机器里那位女士的指引，到了距离最近的加油站。她把车开到停车场里地势较高的地方，停下来。等她熄了火，他才注意到刚才的很大一部分噪声是汽车挣扎的咆哮。发动机熄灭的一刹那，有种奇特的安静降临，接着剩下雨声，哗然而单纯。

在这突然而来的停滞中，他们都感到有点别扭。他们并不很熟，现在被关在一个狭小、封闭的空间里，因为暴风雨而和外界隔绝，坐得很近，又似乎无事可干。她这时向上伸展了一下双臂，说刚才一直紧张，现在才觉得胳膊酸疼，很疲倦。他提议她坐在那儿睡一会儿，她怪他说他在这儿，她怎么能睡觉呢。于是，他们开始聊天。一开始拘谨地找着话题，后来谈话却自然而然地灵活起来，越来越流畅、美妙，似乎他们向着彼此关闭的一扇门敞开了，端着的那个姿势松懈了，话语和话语之间找到了默契，不断牵引出新的兴致。

他很奇怪为什么之前并没有注意到这位朋友，也从未觉得她多漂亮，他现在觉得她好，不是简单的漂亮，而是她的神情和姿态里有那么一种韵致，吸引了他。尤其当他兴致勃勃地东扯西拉地说话的时候，她稍微偏着头，目光一会儿看着他，一会儿又看着外面，似乎听得相当专注，又有一丝心不在焉。她说的话并没有什么独特之处，但她说话时有点阔的嘴唇上浮着浅笑，嘴角挑起，有一点嘲讽的神气，却那么温柔。她轻易地接过他的话题，讲到在一个聚会上，一个名声不太好的女人穿着超级低腰的裤子，她的上身衣服也很暴露，后背差不多只有两条带子。对她们这些女的来说，这个女人穿得十分低俗，很不得体，给人的印象就是一身明晃晃的白……（她把肉这个词硬生生地咽下去），但是那些男人呢，不管是结了婚的还是没有结婚的，不管是大家眼里的正人君子还是好色鬼，眼都不由自主地粘在她背后，就像牵了一根线，尤其当她因为拿什么东西弯腰的时候，那些男人的眼睛就像中了蛊。说到这儿，她朗声笑了，说，不管怎么样，得客观地承认，男人在某些方面就像动物。他听了脸上微微发烧，与其说是这种对他性别的嘲弄让他不好意思，不如说他意识到自己正想入非非。

后来，不知道为什么，他扯到了他养过的一条狗，他很概括而又恰到好处地精细地描述了它丢了之后他如何到处去找它的情景，他的口才让他自己也吃了一惊，他把它讲述得很好，他像是毫不费力地找到了每一个恰到好处的词。他并没有添油加醋，他的确和这条狗有着深厚的感情。他讲完以后，她看着他，眼神充满抚慰，好像他变成了一条可怜的小狗。

他们相互对视的时间变长了，他发现长久地看进一个女人的眼睛是一件美妙的事，尽管有时候他们会半途而废，低下头或把目光转到别的地方去。他们各自说起一些儿时的趣事，其实他讲的一半是真实，一半是杜撰，人在追忆那些模糊的往事时不可避免地会杜撰，以填满那些缺失的细节，给平庸的苍白涂上更鲜艳的颜色，但他讲得很投入，仿佛他至今仍能感同身受。他讲到死亡，讲有一天放学回家时听到妈妈的哭声——姥姥去世了，他那天进家前刚好在楼角看见半条彩虹，后来他相信它就是姥姥离开时经过的桥，把她带到另一边去了。半条彩虹搭成的桥——这是他对死亡最初的印象。这一部分，他没有杜撰，但这么多年他倒没有对任何人提起，害怕别人会觉得怪异，或是嘲笑他幼稚。他竟会全然地信任她，唯独告诉了她。然后，他有点后悔，注意她脸上的表情，他发现她的眼神变得沉静，厚嘴唇上的笑也没有了，只剩下一派天真的同情。他们沉默了一会儿，她突然伸过手，轻轻盖在他的手上，声音低柔地说："不要太难过。"他其实并没有难过，那件事过去太久了，他只是讲一个印象，但因为这博得了她的同情，他突然想到他形单影只、缺乏女人照料的生活，心头一热，觉得委屈起来。

很自然地，他们谈到婚姻和家庭。她规劝他不该再贪图自由的享受了，她这时候又变成了稳重的大姐。她开始替他衡量利弊，分析家庭和婚姻带给一个男人的幸福。他笑着打断她说，在他看来，"安稳"这个词比幸福恰当，他倒认为一个人独处幸福更有保证，两个人则说不清楚了。她打量了他一会儿，问他是不是遭受过什么感情的打击，他说他生来是个有点麻木的人，没有感到过什么打击。她有点狐疑地看着他，他马上宣称他是喜欢女人的。她笑了，接着沉吟一会儿，说他刚才说的也对，两个人的话，很多东西不在你自己的控制之中，幸福与否，更难把握。但她坚持说在婚姻方面，男人比女人受益，婚姻总是让他们更健康，事业上也发展得更好，但是女人通常要牺牲更多，老得很快，事业也分心了……他说他同意，她微微一笑，把头靠在窗户上，脸上明媚的神情突然消失了，有点儿疲惫，又有点儿忧愁。窗户的另一边就是湿淋淋的雨水，他猜玻璃很冰冷、潮湿。

这时候，她轻抚过他的那只手早已经离开他，搁在他旁边的椅子边缘，在蓝色绒面布罩的上面，显得白而丰满，修剪齐整的指甲闪着珠光。他心里想着怎么再把它握在手里，想着如何安慰这个倦怠不安的女人，如何从她那里得到温柔……她在他心里唤起了一种模糊却强烈的怜爱情绪，大概当一种漠然甚至高傲的东西突然软化，就会在人心里唤起这种情绪。这情绪让他也不安，甚至有点暴躁，火星在他心里燃开，他被一股阴郁的情欲抓住了，它阴郁而暴烈，像外面雷电交加中的暴风雨。突然之间，他满脑子都是想入非非，无法集中精力听她说话，他听到了，却抓不住那些音节的意思。她正有点悲哀地说到婚姻让人困乏的地方，说婚姻是个困境，是谁也没办法走出的困境，因为一旦两个人结婚久了，不管以前多爱对方，那种爱都不存在了，它可能变成某种更深的亲情，或者像人们说的左手和右手的血肉相连，总之以前那种爱不存在了，相互之间的吸引不存在了……

她这时意识到他正望着她，仿佛被吓了一跳，神情异样地把脸转向窗外。他握住她的一只手，他心里仍畏缩着，那只发烫的手微微发抖，他热烈而迫切地攥着她的手，感觉着它的温度和形状，想到一只温热的鸟儿，心里充满了柔情。她低声命令他："快放开！"但他没有放开，因为他察觉到她并没有恼怒，也不讨厌他。他变得蛮不讲理，反而把她的手拉近，开始亲吻它。他感觉和她很亲，感到这个温柔的游戏令他心旷神怡，一切出乎意料又仿佛自然而然。她看起来有些羞赧，身子往后挣着，那只因挣扎而微微充血的手在他面前握成一个可笑的小拳头。他看着她，越发觉得她美，她身上有什么东西深深吸引他，也许是一种暖意，让他想和她亲近。

她夺回了她的手，似乎松了口气，又有点失落，望着挡风玻璃上淌下的雨水，挺直了脊背，这让他联想到一只弓起脊背的猫。雨还在下，外面什么也看不到——一个孤绝的地方，像个孤岛，把他们和一切都隔绝了，把过去、未来、道德、现实的顾虑都消解了。刚才的一幕没让她觉得羞，她刚说："我不是那种……"就被他拉了过去，他吻了她，他们姿势窘迫地拥抱着，因为该死的挡位横在他们中间……

不知道从什么时候起，车里头亮了，那层紧紧包裹住他们、保护他们的幽暗和嘈杂都消失了。她的身体自然而然地离开了，她微笑着把仍然搭在她肩膀上的手轻轻推开，她做得那么自然，以至于他虽然感到失落，却没觉得受了什么伤害。她坐直身体，从遮光板上面的小镜子里整理着头发。他仍然有些痴迷地看了她一会儿，但那松懈的身体也慢慢在座位上坐直了。他们都做出一副打起精神的样子，但他其实很沮丧，甚至有点愤怒，不明白那美好的东西怎么突然间就中断了。他期望着暴雨闪电，期望着他们继续被困在这个路边的停车场里，在一个隔绝的、陌生的地方继续温柔的游戏。但是再没有下雨的迹象了，雨彻底停了，天空缓缓透出干净的蓝色。

他们交换了座位。车子重新驶上高速公路，路面、天空在水中泛着微光，得州平原上铺展着一片片低矮、开满野花的土岗，有时候有一条河，有时候有一带绵延的美丽的丛林，还有沼泽、农场白色的木头房子，一切显得晶莹、美丽、温润动人。他希望她和他一起欣赏这景致，但她睡着了。他微笑着想到，她不再因为他在场而不愿睡觉了……

过了一个多星期，他出现在她提起的那个移民聚会上，因为除了参加这愚蠢的活动，他想不出更好的办法"遇见"她。在此之前，他给她打过电话，除了一般性的问候，他们什么都没有谈，她语气中透露出她不太方便，他只好匆匆把电话结束,毕竟,他是个清高的人。他似乎因找不回他们之间那种私密而焦虑,满脑子都是对她的念想,让他自己也觉得诧异。他曾经把每段情爱当成有趣的经历,对他来说,它们的存在似乎是出于暂时改变生活常态的需要,他从未感觉到这种对温暖的焦虑渴求、一种急于填补的空。好几次,他感到突如其来的悲哀,觉得自己老了、脆弱了。

聚会在一个华人餐馆的婚宴厅里举行,首先是一系列讲座和表演,有人传授中医养生知识,有人讲授美国公民的申请信息,然后有人到台子上唱京戏……他注意到会场里有不少熟龄单身男女(他猜测他们各怀目的),剩下的就是老人。她是活动的组织者之一,直到节目结束、自由交流的时间,他们才有机会说话,可她大部分时间都在和别人说话,她似乎认识这里的每个人,像条鱼一样四处悠游。他烦透了这种吵吵闹闹唠家常的环境,却发现她乐在其中。他想:她比他想象的复杂,也可能,她比他想象的庸俗。他很不合群地站着(看起来每个人都在积极地找朋友),等她再回到他身边。她不时走过来,带着兴奋的神情,但他深知这兴奋和自己无关,他们说着言不由衷的话,很快,她又走了。有一次,他鼓起勇气快速地说:"我们什么时候可以单独聊聊?"但她戏弄似的笑了,说:"聊什么呢?你这么不爱说话。""是啊,"他不高兴地说,"和我一起一定让你觉得闷,这里的每个人看起来都比我会说话。"说完他马上后悔了,她笑笑不置可否。他们再也没有提起这个问题。

他一点胃口也没有，却仍随着别人去餐台拿点心，他吃了不少东西，只为了消磨时间，不必无所适从地站着。周围的人操着各种口音的普通话高声交谈，有几个人钻来钻去地散发名片，这片热气腾腾的场面让他头晕，只有看到她往他这边走过来，他心里才又有了一点期待。可他发现自己像小孩儿一样在闹情绪，怎么样都不能满意。当她对他态度热情、亲密的时候，他觉得那不过是装给别人看。当她冷落他的时候，他又生闷气。最后，她似乎也厌倦了，干脆不再理他。他离开的时候，那些参加聚会的人好像劲头刚刚上来，厅里的嘈杂声更大了。他当时看见她在和一男一女说笑，笑起来的时候头往后仰去，让他突然想起她在车里的那副模样。就是这么个在他看来轻浮放浪的动作惹恼了他，他立即决定走，连个招呼也没有给她打。

他回到自己的公寓了，下午到傍晚的时间里，他一直坐在那条靠近阳台的双人沙发上。他想到可能在暴风雨之后一切就结束了。他们那天就在公寓的楼下分手，她表现得很友好，邀他与她常联系，并鼓励他参加她组织的那些移民活动。他尽力想在她身上找到一丝留恋的痕迹，但没有，她上车以后甚至没有打下窗户再和他道别。他没有邀请她上楼，他以为这是出于修养，但现在他知道他只是害怕被拒绝，他已经预料到会被拒绝。他如今回想起他们在车里时她朝他瞥视的眼神，她薄薄的手腕握在手里的感觉……柔情和那股暖意又打动了他，让他的心微微发颤，他越发觉得自己的生活空洞、冰冷。他沉溺在不厌其烦的对细节的回忆中，像在咀嚼已冷却的甜蜜的残渣，它仍然甜蜜，却也令人颓丧。然后，他又觉得害怕，害怕他仍留恋的东西已经被她抛开了，失去了凭依。

一个多月后，就像鬼迷心窍了一样，他到她家去了。并没有人邀请他，他是跟随一位朋友去的。那是临近新年的一个夜晚，他们在路边找到一个停车的地方，朝那栋灯火通明的屋子走去。他看到房前的草坪上摆了个和真狗体型一样大的塑料玩具狗，还有一个充气的米老鼠，猜想这都是她的鬼主意。这个小聪明的猜测竟让他冒出一点儿不可理喻的幸福感，似乎只有他知道这个秘密，似乎他因为猜出这秘密而和她更近了。他们按了门铃，她和一个男人立即出现在门口，一副迎接客人的欢悦神情。他注意到她看见他表情僵了一下，但很快掩饰了过去。他知道他不应该来，但他既然来了，就带着一种幸灾乐祸的情绪保护自己。

他装作饶有兴趣的样子在客厅里四处转悠，连桌布、瓶花和门窗的设计他都观察得很仔细。他也打量周围的宾客，自己感觉在男宾客里面，他也算是体面的。有些男人还带着他们的妻子，他浏览了一遍，发觉没一个可以和她相比。她现在还是站在靠近客厅门口的地方，因为还有一些客人陆陆续续地来。她的脊背很直，脖颈虽然说不上颀长但伸展的角度恰好，让她看起来有那么一点傲气。她穿着高跟鞋，这把她的身子拉长了一点，她看起来和那天车里的那个女人有点不一样，她失去了圆润和那种率性的慵懒，也没有丝毫幽默感，她显得有点装腔作势，但那个架子在他看来也很不错。他甚至对站在那边的男主人也产生了好感，他看起来内向、干净，待人温和有礼。

客人们的活动范围是客厅、与客厅相连的餐厅和厨房，以及厨房另一边的一个小起居室。最后，客人到齐了，大概有二十多个。于是，餐厅的长餐桌和小起居室里那张方形餐桌上都摆上了自助餐点，在厨房那条长长的吧台上，摆满了各类酒和饮料。他喝了啤酒，在她丈夫的建议下，又倒了一杯香提葡萄酒。他先是坐在客厅，然后站在吧台对面靠近窗户的角落里。这时候，他的朋友已经去和单身的女客搭讪去了，他发觉就像上次一样，在这么多人里，他不可能找到和她单独相处的机会。她一直是走来走去的，当她从他身边经过时，有时候对他笑一下，他觉得这笑里有紧张的质问，仿佛在问：你待在这里干什么呢？毕竟，他待在这里干什么呢？然后，她就又走开了，和她的丈夫在一起，和每个人在一起。

他无意中走到小起居室里去，她正在里面要收走一个盘子，只有她一个人。她看见他吓了一跳，有点提防地看着他。这让他满心恼火，心想她把他当成什么人了。他嘲讽地对她说："我想进来清静一会儿，不是要找你。"然后，他径直走到面向窗户的那条双人沙发上坐下，这样，他就背对着她。但他仍然看着她落在玻璃深处的那个影子，淡淡的一抹，被屋后小花园里的漆黑和在莫名处闪着的光亮围绕着。玻璃中的光被外面的黑暗稀释了,像一层薄薄的雾。他看见那个影子在那儿呆立了一会儿没动,但突然,它朝窗子这边飘过去,就停留在他旁边,他注意到她也向窗户里看了一下——里面是两个并排的、一高一低的影子,他们并不看对方,但看着对方在窗户里的那个影子。她又朝他侧过身站着,稍微有点局促不安地站在他旁边,手里仍端着盘子。

她问:"你要不要再喝点什么?"

"已经喝得够多了。"他说。

"我是说饮料。"她轻轻笑了一声,似乎想讨好他。

"好吧,可乐。"

听到他的回答,她马上起身离开了,他猜想她此时如释重负。过了一会儿,一个发型像狮子一样的女人走进来,给他送来一杯可乐。他立即明白了她的鬼把戏。他心不在焉地和这个女人聊了一会儿,她的话对他来说就是耳旁风,倒是她那尖利高亢的笑声、她那并不动听的嗓音里哆哆的滑音、她那总在嗔怪男人似的表情让他饱受折磨。他嘲讽地想:好呀,这就是她要塞给我的代替品,我并不需要代替品,她大概以为我还在热恋她吧?他好不容易说服这个女人和他一起返回客厅,然后找到一个机会把她托付给了他那个对所有单身女人都感兴趣的朋友——一位虽然身体发了福精神却像种马一样昂扬的朋友。

他觉得憋闷,一个人走到外面。屋后有个小小的花园,有两三棵高大的花树正在开花,他从不记得花或是任何植物的名字，但觉得这些幽暗中的花尤其美，觉得以前不曾见过这么美的花，在这冷清清的园子里，唯有它们和他接近，默默散发出香味，一簇簇的密集而清新的香气。他和背后的大厅隔着整整一排的落地窗——一道玻璃的墙壁，从他这里看过去，那个世界仿佛在玻璃球中，所有那些人都是无声地走动、做着动作，这些哑的动作看起来那么怪异、那么虚幻。他看着穿羊毛短裙的她，从裙子里露出的双腿的美好线条，他很难想象他曾经吻过她，她曾对他袒露过她可爱而温暖的胸部，这就像没有发生过的事儿，像一个梦，逸出了正常的时间和空间之外……他们现在比陌生人还疏远，他的确不知道自己为何又出现在这里，仿佛只是为了增加她的痛苦。他仍会回忆起他们对视时她的眼神，她仍会继续、不断地出现在他的思绪中，他对她还有欲望，但至少，他并非因为想和她睡觉而来到这里，他不是个为此纠缠不休的人。或许，他只是不能摆脱那种虚幻的感觉，他只是想证明暴风雨中的那件事并非一个梦。

他这么想着心中掠过一丝苦涩，却又觉得轻松，很愿意在这昏暗而冷清的地方多待一会儿。但通向后院的那扇小玻璃门开了，一束淡淡的光斜照在他对面的那棵花树的树身上，他惊讶地看到男主人正朝他走过来。那腼腆的男人搓着双手，快走到他面前时，问："一个人出来透透气？"他说："对啊，外面的空气真好，虽然有点儿冷。"那男人说他也出来透透气，屋里有点闷热，但女人们就是怕冷。

"要考虑到她们的苦衷,大冬天穿着裙子。"他说。

他俩都笑起来。

他说:"这些花长得真好。"

男主人说:"还可以,但是地方太小了。"

他说:"已经很好了,园子太大不容易收拾。这些都是你种的吗?"

"对,我偶尔摆弄一下,其实不用花很多工夫。你呢?你喜欢种花吗?"

"我不知道,没有种过,我住公寓,阳台上什么植物都没有,因为我一个人,有时候要出差,这些东西会没有人照顾。"

"哦,"他听起来有点惊讶,但马上说,"这样也好,很简单,自由的生活。"

接着,他带领他在花园里走了一圈,介绍说哪些植物是他哪一年栽种的,会在什么季节开花,最害怕什么天气,需要提防哪些害虫……看得出来,这个人对园艺充满热情,而他也听得津津有味,几乎在构想着如何在阳台上栽培一些花。他对男主人的好感又有所增加,因为他是那么温和,言谈举止中流露出善意和对人的信任。他们虽然是初次见面,但彼此感到接近,他想到,这或许也因为那个只有他自己知道的原因。夜色、昏暗的光、冷洌而芳香的空气、关于植物和土壤的话题,这一切尽管陌生,却让人友善、心里柔软,他不无遗憾地想,他和这个男人本来可以是很好的朋友……

通向花园的玻璃门又一次开了，这一次声音颇为尖利。他看见她有点急促地走过来，径直走到他们站的地方。当她走近的时候，她的目光打量着两个男人的脸。她看到他们表情友好、平静，尽管他的嘴角挂着一丝有点讥诮的微笑。她放心了，确定这男人没有对她先生说什么，而她现在要赶快抓住他，把他从危险之中带走。所以，她立即挽住了丈夫的手臂，说："你们为什么躲在这儿？你们说什么悄悄话呢？"说完，她开心地笑了，看看他，看看她丈夫。她把他们两个带回客厅，带回到她可以控制他们的地方。之后，她一直跟在他们身边，如果他们两个不在一起，她就紧抓着她丈夫。他倒有点可怜她那副魂不守舍的样子了，他想她应该能想到，如果他要告诉她丈夫那件事，他在花园里就已经告诉他了。

他们离开的时候，她丈夫诚挚地邀请他以后有空再来家里玩儿，她微笑着重复着同样的话，带着牵强的热情。不知道为什么，他们竟按照洋人的礼节拥抱了一下，每个人都相互拥抱，因为是新年，一切洋溢着温情。然后，他怀着羞愧走出这灯光通明但人影已经寥落的房子，狮子发型的女子赏脸搭他们的顺风车，这让他的朋友手舞足蹈，他们一致同意按照科学的路线安排，应该先送他回家。他心里很清楚这种安排背后的故事，乐得被这两个人抛弃。

车子驶离那栋房子，绕到房子背后的小道上，他辨认着哪道木栅栏后是她家的小花园。他打下车窗，虽然车里一片喧闹,外面的夜却很安静。再过两天就是新年了,尽管他对时间没有多少概念,但想到这仍觉得有些惆怅。他们的车子在小道的尽头处猛地转弯,车里的女人夸张地叫了一声,他心里冷笑着想:这就是那位男士为什么要猛转弯的原因——为了听一声女人的尖叫。多么幼稚的游戏,多么无聊的生活!随后,他又接着之前的思绪想下去:最后的一批客人也离开了,一处一处的灯熄灭了,房子陷入了幽暗,恢复了它的平静,只有一处的灯还亮着,那是他们卧室的灯,生活又恢复了本来的样子——只属于他们两个人的生活,看似单调却紧密、牢不可破的生活……而在他自己的生活里,一些人来了又走了,热闹之后空空如也,有些连一点影迹都没有留下。

雨和缓下来,敲打在树枝、窗台这些地方,发出如同嘶哑的旧风铃一般的声响。他想到自己过去干的事儿多愚蠢:要抓住一种稍纵即逝的东西,要为梦幻般的事物寻找证明。他差点连仅有的那点东西也失去了。屋子里此时幽暗的光线,雨和回忆的残余气味,昏沉而令人困倦的声响,这一切都合他的意,这才是他的生活,温存不过像电光一样偶然而短暂……他如今心绪平静,对她再没有一点恨意,他知道她是对的,失忆是对的,至少,它封存住了一点过去的甜蜜——那是往事留下的唯一痕迹。

2012 年 9 月 20 日于中国

梦中的夏天

1

我在某个星期天的下午开车来到休斯敦的克里夫兰，在这一带的农场区里迷了路。我已经第三次经过那个门口的邮箱上铸着一只金属小鸽子的农场，确认手机上的谷歌地图无法找到我要去的地方。最后，我干脆关了语音导航，把车停在路边，想等有车经过的时候询问一下。如果问不到，再给她打电话。

一些灰白的、边缘泛着紫色的云朵流散在天空中，雨后的小路微微发亮。从十号高速下来，途经一个废弃的铁路岔道口拐进农场区以后，就置身于这密实的绿色和宁静之中，路边风景或者是围栏后平阔的草地、房屋和牛马，或者是安静地摇曳在微风里的荒草和大树。路上经过的民房大多很美，虽然只是简单的一层，但清洁素朴，房前房后种满了任性生长的美丽植物，但也有几处房子残破失修，肮脏、歪斜，看了让人丧气。我想到如今置身此地似乎并非出于我自己的意愿，而是受她那位远隔万里的母亲的驱使，或者说是她母亲的意志加上我母亲的意志。有时候，在我给家里打电话的固定时段，她母亲也守候在电话旁。"你一定要去她的大庄园看看她，你们离得那么近！"她母亲不止一次对我叮嘱。我确认她的家大概就在距离我一两英里的地方，因为我从刚刚经过的农场信箱上看到的号码和她的住址号码十分接近，我只是找不到入口。站在路边等待时，出现在我脑海里的是好几年前的她的样子，是我们一起走在北京的街道上、胡同里，要去某个地方或者只是饭后随便走走的情景。她总是会走在稍微靠前一点儿的地方，像是带领着我。于是，她的样子也总是我从侧面或后面一点的角度看过去的样子，通常是在黄昏里或是夜色里，她在那一小段我们都刻意保持的距离之外，高高的，温柔里隐藏着美人特有的甚至是无意的傲慢……过去，偶尔，在我的记忆里，这些影子会奇怪地重叠起来。所以，她如今住在这样的地方——一个被围栏围起来、布满荒草、散发着泥土和牲口味道的地方。

三年前，我对国内的朋友说，我再也不想和这充满猫腻味儿的生活打交道了，我要走了，走了就不会回来。我到了得州大学奥斯汀分校，开始了新生活。新生活茫然又紧张，我在实验室里经常工作到凌晨，累得像狗，但我没有后悔，因为就像我所说的，生活拼一点儿总胜过憋闷，胜过经历了可怕的失败之后等待着另一个失望以及那种无可救药又不可控制的对自己渐生的轻蔑。我知道她住在休斯敦，离我只有三个小时的车程，但我一直没来找过她，也没有和她联系。记着她母亲给我的她的电话号码的纸条一直放在我存放支票本和护照的那个小铁盒里。尽管我知道也许我终究得和她联系，却一直推迟着行动，我不知道是什么东西阻碍我拿起电话，拨那一串简短的号码，似乎疏远太久，重续友情的心也淡了，而某种隐约的、晦暗不明的忧虑又总是困扰着我，使我宁可举步不前。有时候，我和母亲打电话，她会提到又碰到了她母亲（这很正常，因为她家就住在我家楼下），她母亲则又向她追问我是否去找过她女儿了。我想，她母亲也许对她的生活一无所知，急切地希望从我这边听到点儿什么。

她比我大两岁，高两届，我们曾在同一所高中读书。我去北京读研究生时，她已经在那里的一家银行工作了。我们时常碰个面，一块儿吃饭，饭后去哪儿随便走走。她长得非常美，在我们家乡的小城，她是众人皆知的美人。即使到了北京这么一个浩瀚的城市，她也还是美得出挑。可我竟从未动过追求她的念头，尽管后来我想到也许我有机会这么做。她似乎坦然地把我当成弟弟看待，面对这样的坦然，我觉得求爱就像一种亵渎。而且，我认定她不会属于我这种人，一个瘦弱而又一无所有的人。我甚至觉得她不会属于任何我见过的男人，因为他们之中没有一个走在她身边会显得顺眼。或许可以这么说，我也看见过比她长得更漂亮的女人，但我从未见过比她更动人的女人。当我从别人那里听说她有了男友，而且男友就是她那家银行的行长时，我却又觉得这并不那么出乎意料，像她这样的女人，似乎最后难免会落到一个那样的男人手里——阅历丰富、有权势或财富但也有家室的男人。我们见面的次数越来越少，关系淡漠了。我从未见过她的男友。再后来，我听说她出国了。好像有一段时间，她的经济状况不怎么好，她母亲还曾经跟人抱怨她出国是走错了一步。但她和一个美国人结婚以后，她母亲就变得骄傲而且高调了，喜欢把"美国"挂在嘴边。于是，我们知道她在美国得州住在一个大庄园里，那位美国丈夫是一掷千金的大农场主，他们有自己的奶制品加工厂，他们还生了混血宝宝……流言总是十分精彩。我的女性亲属和邻居们提起她出国这件事，都会露出了如指掌的神情。"一开始就是被那个行长送出去的，"她们说，"怕她坏了他的事。""刚开始还给她寄钱，后来什么都不给了，等于把她骗出去、甩了。""也算她幸运，找到一个美国人愿意娶她。知根知底的中国人谁愿意娶她啊……"她们的同情里总是夹杂着鄙夷，鄙夷里又夹杂着嫉妒……这些年里，她曾回来过一趟，但我当时在北京，正忙着办到美国来的手续，没见到她。后来，我母亲和姐姐描述说，她嫌弃家里冷，带着那个混血小男孩住在酒店；她大冬天穿着裙子，还戴帽子，走在街上特别打眼，一看就是外国回来的；可惜那个混血小孩并不如大家想象得那么好看，不像洋娃娃，像中国人更多些；他们不喝家里的自来水，只喝商店买来的纯净水……现在，当我在离她生活的现实很近的地方，这些留言、饭后的无聊谈资都显得遥远、荒唐。在小地方，人们总是这么谈论他们不了解而又感兴趣的东西，夸张、杜撰，夹杂着无知的无畏和各种复杂的情绪。无论如何，这里不像是住着她母亲夸耀的一掷千金的大庄园主。这里住着一些农场主，从院子里停着的泥泞的拖拉机和皮卡看，他们是踏踏实实地工作的人，有的富裕，有的贫穷。

终于有一辆车经过，我朝车里的人招手。车子在路对面缓缓停下来，一个瘦削的中年男人下车走过来。他戴着宽边牛仔帽，穿着橡胶雨靴，皱巴巴的衬衫扎在牛仔裤里，走路时歪着肩膀，就像从电影《断背山》里走出来的人物。我向他打听她的农场，告诉他农场的主人叫汉森。

"汉森的农场？"他叹气般地问，皱着眉头看我递给他的那张写着详细地址的纸条。

"对不起，我真的没有印象。我也是前不久搬过来的，我以前住在阿拉巴马……这里的邻居还不熟悉。不过，从这个号码看，应该就在附近。"

"我也这么想。前一个号码和后一个号码我都看到了，唯独没有这个。"我说。

"真是古怪！但有可能你经过了农场的后门，所以看不到信箱牌。"他说，把帽子抓在手里。

"有可能。无论如何，谢谢你。"

"没问题。你再绕到前面看一看吧。祝你好运！"他瓮声瓮气地说着,戴上帽子,回到他那辆蓝色的丰田车里。

我犹豫了一会儿,只好给她打电话。

2

我看见她站在路边,身后是一道铁门。那其实也不是一道门,只是一根横搭在低矮的、半人高的铁丝栅栏上的生锈的铁棍。但在美国,这道象征性的门和这歪斜得几乎要倾塌的低矮的铁丝栅栏就意味着不容侵犯的地界。铁棍后面蔓生的杂草里有一条若隐若现的小路,她刚刚就是从这条几乎被荒草覆盖住的小路上走过来接我的。我朝她走过去时,她站在那儿没动,似乎要刻意地从一段距离之外打量我。她笑着,还带着一点儿诙谐的表情。被她那股诙谐味儿感染,我也毫不掩饰地打量她,她老了一些,身体胖了一点儿,但整个人却仿佛变得锐利了。她穿着一条宽大的、深色的印花连衣裙,头发扎成一个低低的马尾。在我过去的印象里,她的头发总是披散着的,不那么顺滑地披散着,有风的时候就肆意地飘,打到你的脸她也毫不在乎。我们没有拥抱,因为她怀里抱着一个孩子,大概只有几个月大。她身后还站了一个四五岁的男孩,男孩紧贴她的腿站着,有点儿警惕又有点儿羞怯地看着我。我想,这大概就是她曾经带回国去的那个混血男孩。他其实很漂亮,是一种纯种人没有的模棱两可的、具有一丝迷惘气质的漂亮。

正如刚才那个过路人猜测的,我一直在农场的后门这边兜圈子。她说："我就猜到你会迷路，你从来都没有方向感。"她说话的样子好像我们几天前刚刚见过面。接着，她和她的孩子们坐到车子的后座上。她一边指方向，一边开始介绍她的两个孩子。五个月的小婴儿叫露西，男孩儿叫德瑞克。她还提到再过两个多月，德瑞克就可以去读那种不怎么收费的公立 Preschool（学前班）了。她先打开了话匣子，这样我们就不必说久别重逢时经常要说的那些叫人尴尬的话。"我真累"，她连续说了两次。她第二次这么说的时候，我忍不住转过头看看她，发现她虽在抱怨，脸上却依然笑着。她注意到我在看她，才说："你总算来了。又见到你真高兴。"

我们连续右转了两次，拐上一条有点儿泥泞的、灌木夹道的土路。没有人照顾的灌木疯长，一边的枝叶向另一边拼命倾倒过去，两边的枝叶连起来，密沉地横在空中，像一道光影斑驳的绿色拱门。这条路真美，就像你会梦见的某种地方。而和她坐在车里，我有种奇特的感觉，就是你觉得和一个人分开很久了，你想象着见了面的那种生疏、不自在，但当你见到那个人，你发现只是一瞬间的、仅仅是缘于羞怯感的疏远之后，你们就能够回到当初那种坦然相处的状态，那种熟稔的亲昵，似乎你们从未分开，似乎过去那些音信全无的隔离、刻意的冷漠都并不存在。车很快穿过那条绿色隧道，到了她家衣场的正门。同样是一道象征性的门，只是那根铁棍锈得没那么厉害。门口有一个铁皮邮箱，上面模模糊糊地铸着她家的门牌号。除此之外,再也没有什么标志。望进去依然是和后门差不多的情景,到处是膝盖般高的野草。我要下车去开门,但她坚持她来开门。她抱着露西下去开门,一只手动作麻利地打开铁棍尽头那把大锁。她指挥我把车开进去,又把铁棍横上,回到车上坐下。

"不要抱什么期望,"她对我说,"我们家的农场几乎没人打理,和荒地一样。"

"你们都种些什么?"

"也没种什么,"她回说,"以前的主人种了一些林木。我们养了几头牛,你等会儿就看见了,由它们自己在农场里跑。"

"那样好,放养。"我说。

"是没有办法,我带着两个孩子根本没有时间照料牛。汉森,他能干一点儿小活儿,但不能指望他。你看到他就明白了。"她语带嘲讽地说。她说话的节奏明显比以前快了,句子也短促、果断。

我们在荒草蔓生的小路上缓缓行驶。路上果然遇到了两三头牛,牛站在路当中,当车驶近时,它们就挪到路旁。而车经过的时候,它们又凑近过来,大大的头颅几乎贴着车窗,眼睛直盯着我们。我有点儿担心它们会像电视上看的斗牛比赛里面的牛,突然低下头俯冲过来。但它们只是呆呆地观看我们经过,然后又回到路中央它们刚才站的地方,默然眺望远去的车。空气闷热凝滞,风停了,天空中堆满大块的、墨蓝色的云，预示着另一场雨要来了。在高大而阴绿的林木下面，在荒草中间，凝然立在那儿的牛就像一种梦幻中的动物。然后，我看到那所简易房。它就是有时你经过郊野会看到的那种模样像只集装箱的铁皮屋，在得州灼热的阳光下，你会担心它被烧灼成铁板，台风的季节，你会担心它轻易被风卷走……它原本大概是灰白色的，但也许太久没有清洗、粉刷了，颜色完全被磨损或被污秽遮蔽了。它比我途经的这一带所有的农场房舍都更破旧、凋敝。屋子门口种着两棵茂密的橡树，它们倒比房子显得高大挺拔得多，浓密的阴影像是给这光秃秃的屋子搭了一道暗色的门廊。我从余光里察觉到她在观察我的反应，而我只能仰望其中一棵橡树的茂密树冠，因为此时打量那栋污秽、象征着贫瘠的铁皮房就如同欣赏某个人的伤口一样，是种罪孽。

3

我在房子里坐下来有一会儿了，她一直一手抱着露西忙来忙去，泡茶，端上来一碟姜汁饼干，还洗了一些葡萄，放在一个塑料筐里。在她来回走动的时候，德瑞克始终紧跟在她旁边。有几次，她低声训斥他，让他走开点儿。"妈妈会把你碰倒的！"她显得有点儿烦乱。我提出帮她做点儿什么，但被她断然拒绝了。我注意到她的嗓音也有些变了，语气里透出不耐烦和嘲讽。

自从进了屋里，露西就一直在哭。她告诉我露西只是饿了。但当我告诉她不要忙了,先去喂孩子时,她又固执地拒绝了。我试图把德瑞克喊过来陪他玩一会儿,但这小男孩对我不予理睬。我只能坐在那儿等着,因为自己的到来而造成的混乱不安。有一会儿,我望着她的背影,她的头发已经乱了,抱着孩子的样子像是挟着一个重重的包袱,腰身奇怪地扭着,裙子的领口被露西的小手抓得歪歪扭扭,内衣的肩带露在外面,而她似乎也懒得整理。我想到也许刚刚她走到门口接我的时候,我们都因为重逢而给自己涂上了一层兴奋的光彩,现在,这光彩暗淡了。我大概显得很木然,她尽管努力打起精神,却难以掩饰日常的倦态。

终于,她把一块厚厚的奶酪端到我面前。它外皮金黄,里面却晶莹透明。露西仍然在哭,她在这哭声中大声对我说:"你一定要尝尝,我自己做的。"

"你都会做奶酪了!"我也大声说,说完觉得也许没必要这么大喊大叫。

"我是个农妇,"她笑着对我强调,"你别忘了,我现在是个农妇!得省钱,很多东西都得自己来。"

她脸上有层薄薄的汗水,额发湿了。

"我要去喂露西了。"她说。然后,她抱着露西走进左边那个隔间里去了。我猜想那是间卧室,尽管没有门,只挂着一道布帘。我想到她没有带我参观一下她的家,但似乎也不需要,坐在这儿,屋里的一切就一览无余了——右前方的厨房和紧挨厨房的餐桌，还有我现在坐在这儿的这张印花布三人沙发，以及她走进去的那个房间旁边另一个关着门的房间……过去，经过这样的铁皮屋，我常常猜测它没有后窗，像个密封的、令人透不过气的金属箱子。但我发现它其实有后窗，是四四方方的一块玻璃，从墙壁上凿出来的一个小格子。格子窗的顶端是一圈荷叶边形状的装饰性的窗帘，用来挡住直射的强烈光线。空调此时发出挣扎般的噪音，吊扇大概也开到了最强挡，但屋里依然潮热难耐，似乎自从我走进来，我的衣服就一直湿着。已经是九月底了，最猛烈的夏天已经过去了，但热度还在延续。我想，如果搬一张椅子坐在门口大橡树的浓荫里，也许会好得多。

　　我突然想起她做的奶酪，就拿餐刀切了一小块儿。它干干的、咸咸的，细细嚼下去，才慢慢嚼出坚实、充沛的奶香。我猜想她是在给那孩子哺乳，否则她不需要走到房间里去，这多少让我有点儿不自在。我注意到其实一直有歌声从某处转来。我循着声音去找，发现歌声是从放在冰箱顶上的一台小收音机里传来，是那种手提的老式收音机，但音质竟然很好。她选的是乡村音乐台。我把声音稍微调高一点儿，回到原来的地方坐下来。前面那扇窗大一些，分两扇，挂着白色的塑料百叶窗帘。窗户是绿的，望出去是左边那棵橡树，向远处延伸的天空、草地和我们来时的那条模糊不清的小道，这一切看起来很辽阔，也有些荒凉、单调。我仍然觉得这一切有点儿不可思议。和她在一起时，这种不可思议的感觉给我一种虚幻感，现在她离开了，我一个人坐在这儿，可以慢慢整理一下情绪。我试图驱散那股虚幻的感觉，仔细观察四周，想让屋里的小物件赋予我一种此时此地的现实感，直到我看到一个男人突然出现在窗外那条荒芜的小路上。我吓了一跳，想去叫她，但立即觉得不合适。我只能看着这个幽灵般的男人沿着那条路走过来，一直走进屋子里。当他推开门的时候，我也站起身。有差不多半分钟的时间，他愣在那儿，我们相互看着。我觉得他的眼神里有种说不清楚的异样东西。他看起来并不像在打量我，他那直直的眼神仿佛是空茫的，又像是因为惊愕而失了神。突然，他缓缓地张开嘴笑起来。

"你好。"我和他打招呼，猜想他也许是农场的帮工。

他还是咧嘴笑着，没有回答。他的衣着还算整齐干净，但整个人感觉却是邋里邋遢、歪歪扭扭的。

我又说了一遍"你好"。他总算停住不再笑了，但他只是继续看着我，没有回答我的问候。

"你在这儿？"他终于开口说话了。

"是的。我在等着……其实，我是来看望……"

"所以，你在这儿！这很好……"他含糊不清地说着，径直走到冰箱哪儿去。他打开冰箱门，把手伸进去摸了半天，摸出一罐可口可乐。

他打开可乐，喝了一大口，仍然直露地盯着我看，好像很奇怪为什么我还站在这儿。突然,他高声喊:"莉亚,莉亚……"

从他此刻脸上的表情,我终于明白过来,他应该是个有智障的、至少精神不太正常的人。我身上猛地出了一层汗,我想,这个人大概就是汉森先生、她的丈夫了!

她从房间里出来了,大概是他的喊叫声把她吸引出来的。她神情显得过分严肃,打着制止他说话的手势,快速冲到他面前,声音低沉而坚定地说:"No, No, No……"我注意到她没有抱露西,德瑞克依然尾巴一样紧跟在她后面。那个男人仿佛好奇地看着她,他的表情怪异但很温驯。突然,他像刚看到德瑞克一样高兴地一把把他抱起来举过头顶。德瑞克一点也不抗拒,微笑着俯视举起他的男人。我确定这个男人就是孩子的父亲。他们总算安静下来,她立即把孩子从他手里接过来。我注意到她换过衣服了,那条连衣裙变成了一件条纹T恤衫和宽大的牛仔短裤。

"总算把露西哄睡了。"她看着我,露出疲惫而带歉意的笑。

我说:"太好了。你可以歇会儿了。"

"是啊,是啊,总算能坐在这儿陪你说说话了。"

"你真不必操心我。"我此刻已经后悔来打扰她。她看起来那么累,力不从心。

那个男人坐在我们旁边的一把椅子上,继续喝可乐,他的动作很慢,不时停下来赤裸裸地打量我们。

她看看他，对我说："汉森先生，我丈夫。"

"已经认识了。"我说。

"你真有意思，"她说，"'已经认识了'，你们相互介绍了吗？"

我又听出她口吻里那种冷峭的嘲讽。

"我们刚刚打过招呼。"我只好说。

"汉森小时候得过严重脑炎，智力有一点儿问题。你看出来了吧？"她用开玩笑的语气说，仿佛这是件无关紧要的事。

"是吗？这……并不明显啊。"我不得不装作有点儿惊讶地说。

"还好，不影响干活儿。我们说话他也都能听明白。"

"那就好。"

"汉森，"她转向他说，"这是我的好朋友，我的邻居，我在中国的邻居。"

"中国朋友。你来这儿很好！请坐！"汉森看着我，很有礼貌地说。

她看看我，笑了。我也笑了。因为我本来就坐在那儿。

"谢谢，我很高兴来看望你们。"我对汉森说。

她去厨房给他端来两片面包，还有几片薄薄的、上面的猪油凝结成块儿的冷培根。他把培根全都夹进面包里，开始吃起来。德瑞克已经从盘子里抓了饼干吃。过一会儿，她又切下厚厚的一大块干酪，放到汉森先生的盘子里。他把它抓起来，整个塞进嘴里。如果不是音乐声和外面隐隐的雷声,就只有汉森先生吃东西的声音了。

"你为什么不吃?"她突然问我。

"我刚才已经吃了一片干酪,你不在的时候。真好吃,尤其后味儿特别香浓。"

"真的?你喜欢吃的话走的时候带走两块。你吃块饼干啊。"她说着,从盘子里拿了一片花生酱饼干递给我。

杯子里的茶已经冷了,她又去添了热水。

"妈妈,我想要牛奶。"德瑞克说。

她转回厨房去给德瑞克倒牛奶。

"咖啡好了吗?"汉森先生嚷着问。

我发现他说话时也直直地看着我,这大概是他打量陌生人的方式,但这让我感觉不舒服。

她又跑到厨房里,从咖啡壶里倒了一大杯黑咖啡给他。

等她终于坐下来,她笑着对我说:"无论如何,先把他喂饱。"

我想,"他"指的是汉森先生。

"你太忙了,你一直在忙。"我说,想帮她,但知道什么也帮不了。

"是啊,每天就是这么忙来忙去,孩子的事也忙不完,家务事也好像怎么都做不完,农场的事做不了也操心。"她说,淡然一笑。

"你呢?你也很忙?来得州这么久都没有联系我?"

"是很忙,但和你不一样的忙,就是做实验、发论文,没完没了。"

"有为青年!"她开玩笑地说。

"算了,只是想站住脚而已。"

"我以前就知道你将来会有出息,你和别人不一样。"她看着我说。

"没什么不一样,我是个很平庸的人。每个人有每个人谋生的方法,像我这种人没有别的本领,就是不断读书,这没什么了不起。"

"你才不是什么平庸的人。"她坚决地说。

她的语气让我觉得我最好不要反驳她。

她接着问:"我不懂你的专业。但是,很多来美国的人都是飘来飘去的,你将来会去别的州吗?"

我正要说什么,突然听见汉森先生大声说:"好!干得好!"

"他吃饱了,不用管他。"她说。

但我因此忘记了我要说什么。

德瑞克这时爬到妈妈膝盖上坐着。她看着德瑞克,眼神变得很温柔,仿佛她整个人,一个绷得紧紧的人,终于放松了。当他们俩脸和脸贴得很近,我才发现那男孩的眉眼甚至表情都酷似母亲。

"他现在是我的希望,他和小露西。我现在只爱他,只爱他一个人,尽管他把我累得要死。"她说。

"他很快就要上学了,那样会好得多。"

"你不知道,有时候我真觉得生活已经完了,每天重复着同样的事,忙碌、疲倦、烦躁,你这样挨了一天,却知道第二天还是这样。真的,对我来说,生活已经没有意义了。当然,是我把它弄得一团糟。"她说。

"那个……"汉森先生说。

"什么?"她朝他转过头问。

结果,他只是重重地叹了口气。

"安静点儿,"她凑近他的脸低声说,"露西睡了!你女儿睡了!安静点儿。"

汉森先生看着她,表情慢慢严肃起来。"露西睡了。"他几乎是一字一顿地重复说。

"你很累了,汉森,"她说,"你最好去屋里睡一会儿。"

"是的。那些牛……要下大雨了?"汉森先生说。

"可能。"她说着,把德瑞克放下,收走汉森先生的碟子和咖啡杯,拿一张湿了水的厨房纸巾,把他面前的面包屑和咖啡渍擦拭干净。

"过来,小德瑞克。"汉森先生说,朝小男孩伸出手,那是一双非常粗大的手。

德瑞克看了他一眼,摇摇头。

"去吧,德瑞克,和爸爸玩一会儿。"她劝他说。

"不。"

"为什么?"她问儿子。

"我想待在这儿。"德瑞克说。

她轻轻叹了口气,问汉森:"那棵树你锯完了?"

"是的。但那些牛……你说还会下雨吗?"

"不要管牛。是锯成五段吗?他们要求五段,不然他们的皮卡拉不了。"

"五段。"汉森先生说。

"好吧,你现在去睡一会儿。"她叹口气说,有点儿不耐烦。

但汉森仍然坐在那儿没动,他看看我,又看看德瑞克。然后,他认真地观看自己的手——那双手正以各种奇怪的方式拧绞揉缠。他似乎沉溺在这种游戏里,兀自笑了。最后,她站起来,拉着他的手臂,让他跟她走到那个有一扇门的房间去了。

她不在的时候,德瑞克开始和我交谈了:"汉森喜欢睡午觉。但我讨厌睡午觉。"

"你为什么不喜欢睡午觉呢?"我问。

"就是不喜欢。露西总是在睡觉,妈妈说因为她是个婴儿。我希望露西睡觉,这样妈妈就可以陪我玩儿。"

"你真是个聪明的家伙。"我说。

"你爱妈妈吗?"我问德瑞克。

"当然。"他毫不犹豫地说。

"爱她的……譬如什么?"我笑着追问。

小家伙儿仰着脸费解地看我一会儿,说:"我就是爱她。"

我喝着茶,希望自己之前一直表现得很平静,至少没有露出惊讶的表情。我从未相信过她母亲或任何别的人对她生活的描述,但我也没有想到过她是现在这样的状况。

她走出来,关上了房间的门。德瑞克看见妈妈,立即迎上去。她坐下来,把德瑞克抱到她旁边那张椅子上,告诉他吃过饼干以后应该喝水。德瑞克用吸管从杯子里喝水,我们有一会儿没说话,只是看着小男孩。收音机里正播放一首老歌。

"这首歌很好听。你知道这是什么歌吗?"我问。

"《我梦中的夏天》。"她淡然地说。

她似乎不想说话。我就继续听歌。她看起来若有所思,面容平静,又蕴含着某种悲伤和失落。我在想汉森先生是否已经躺下了。小婴儿睡了,那个男人离开了,她不再显得那么慌乱。当我们这么近、安静地坐着,只是观看着一个孩子喝水、听着一首歌时,我发觉一开始让她失色的憔悴,现在竟然又让她显得动人了,似乎当她得以暂时抛开那些烦乱的事情,她神情里某种昔日的东西就苏醒过来,她内心深处的一些柔软的东西也浮现出来,柔软而不幸……

那首歌唱完后,开始插播广告。

她这时说:"我每天都听这个电台,都是些老歌,很老很老的歌,但起码不那么吵。这些歌我都听熟了。这里太安静了，总得有点儿声音。"

"过去我们在北京的时候，你就喜欢听歌。我记得你当时买了一个 iPod，把我羡慕坏了。"

"你现在还羡慕我吗？"她直视我，很认真地问。

我没回答。

"对不起，给你出难题了。"她像个恶作剧得逞的孩子一样，抿着嘴笑起来。

"好吧，如果我答不出来你的难题能让你高兴的话……"

"德瑞克，好宝贝，你去看着妹妹好吗？如果她醒了，你来告诉妈妈好吗？"她对那个男孩说。

"可是，我想待在这儿玩。"德瑞克摇着头说。

"妈妈把你的玩具和书都拿到那里行吗？求求你，德瑞克，好宝贝。"

"不。"他这时坐在她脚边的地板上，继续摆弄着一辆破旧的消防车模型。

她有点愠怒又有点儿失神地看着那男孩。

"让他留在这儿吧，我可以和他玩呀。"我说。

但她突然变得很沮丧，说："我们好几年没见面了，我只是想清静地说说话。你看，我们连说几分钟话的时间都没有！"

"可他并没有打扰我们。"我说。好在我们俩说中文，德瑞克并不知道我们正因为他而争执，而且想把他赶走。

过一会儿，她问我："你有手机吗？"

"有啊。"我说。

"你的手机可以上网吗?"

"当然可以,我有流量。"

"你能让德瑞克看你手机上的动画片吗?"她有些不好意思地问,"他最爱看这个。他姑姑来的时候他整天缠着她看这个。但我的手机不能上网。"

"好办法。"我说。

我立即蹲下身问德瑞克喜欢看什么卡通片。德瑞克知道可以看手机视频,立即来了兴致,问我是否可以让他看《托马斯和他的朋友们》。我从 YouTube 找到这个系列的视频,帮他戴上我的耳机。他立即乖乖地拿着手机去儿童房里看卡通了。

然后,她说去洗手间。等她出来,我觉得她重新梳过了头发。

"对不起,小孩儿真是没有办法。"她说。

"为什么对不起呢,看到他们我特别高兴。"

"你不会对小孩儿感兴趣的,很少有人真对别人的孩子感兴趣。"

"可他们不是别人的孩子,是你的孩子。"我说。

汉森先生在卧室里睡着了。我们在客厅里,听到他浊重、起伏很大的鼾声。她对我无可奈何地耸耸肩。"又下雨了。"我们差不多同时说。屋里光线渐渐暗下来。她走到厨房的一个角落里,打开一盏灯,然后回来取走小桌上的茶壶,把里面的剩茶倒进水池，换了一个茶包。我无事可做，听着外面的雨声。雨声出奇地柔和，也很空洞。

她重新给我换了一杯茶，然后，在我旁边坐下来，仿佛怀着某种趣味审视着我。我觉得轻松多了，终于只剩下我们两个人。

她又给我拿了一片饼干。

"会不会太甜？"她小心翼翼地问。

"是很甜，"我说，"但甜得很纯真。"

她愣一下，随即笑了。

"你来我真开心！"她说。过一会儿，又说："你看起来成熟多了。"

"总不能一直是个毛孩子。"我说。

"你女朋友呢？在国内还是这边？"她问。

"没有女朋友。"

"真的吗？"

"真的没有！"我说。

"为什么不找女朋友？"

"女朋友也没有来找我啊。"

她说："好了，这会儿你原形毕露了。"

"本来就是这样。"我说。

我们俩又都笑了。

她低头沉思了一会儿，说："你刚才提起在北京的时候，那都多少年了？过去的生活就像做梦一样……如果过去不是梦，那么现在就是做梦。"

她微笑着，平静地说下去："你看，我现在就是这副样子，我的生活就是这个样子……有时候，我回想是怎么走到这一步的……我简直不敢想下去。我太笨了，相信了那个人。你一定知道那个人……"

我知道她说的"那个人"是谁，我说："我没见过那个人。"

"你最好没有见过他……我得有多蠢，会相信那么一个人真的爱我，而且我还会爱上他。你不明白我是个多软弱的人！我后来想，我爱他大概就是因为他爱我。真的，我很浅薄，我不会爱那些不爱我的人，无论他多么好。"

"所以，他感动了你……"

"那时候？可以这么说吧。他很狂热地追我，一直说他宁可抛弃一切和我在一起。我就是被这个打动了吧。其实，打动我的不是你们想象的那种东西……"

"我们想象的东西？"我不悦地打断她说，"我并没有想象什么不堪的东西，诸如交易之类的，你不是那种人。"

她愣了一下，有点儿结巴地说："这样吗？毕竟，你对我，还是有些了解的。"

我只是笑了笑。其实我并不想听太多她和那个人的故事。

她继续说："你想想我得有多蠢，才会相信他的话，因为他其实从来没有证明过他说的话。他把我送出国的时候我还深信不疑,以为真的过了他所说的'危机',他就会来接我,或者他来美国,和我生活在一起。我当时都想到了,我们也聊到了,要在这儿买个农场,当然不是这样的农场,都是些人在年轻时爱做的白日梦……但不到一年,他就让我不要再'死缠着他不放'了,这是他的原话。我,'死缠着他不放'!他在电话里就是这么说的。"

"那种人不值得你放在心上,好在一切都过去了。"

"怎么会过去呢?"她说,"是他把我置于现在这种境地,你没有想到吗?我现在的生活,不过是过去结下的恶果。你知道吗?我失去了工作,过去上班时存的钱出国后都花光了,我没脸回去。我当时想,就算当妓女也不会要他的一分钱。后来,我不得不求我妈给我寄钱。我妈这个人,你也知道的……"

她仍然极力维持着平静的语气,但我看到她的脸色和表情变了,她看起来想哭。

停了一会儿,她继续说:"但最大的问题不是钱,而是怎么留下来,我没有身份。我本来没想过要孩子,我和汉森结婚,就是为了一个身份。我当时太急,找不到别的办法。可很多事儿不是你计划的那样,我有了德瑞克。一开始,我绝望得想死,但后来,德瑞克让我好过些,孩子需要我,无论如何,我得活着、保护他!"

她的眼圈红了,但她仰仰头,又猛然垂下头,那一阵激动的情绪似乎就过去了，眼泪终于没有掉下来。

"啊，我都在说我自己的事！快对我说说你的事吧。"她坐直身子，殷切地望着我说。

"我的事真没有什么好说的，你走了以后，我把博士学位也读完了。我在学校的研究所工作了两三年，完全是浪费时间。教授们都在忙着弄钱，实验室也做不出什么东西，即使偶尔你做出一些东西，也不是你的，是老板的，大家都在想办法发文章，七拼八凑，甚至编造数据……所有的东西看起来都天花乱坠，但所有的东西深究起来都让人觉得没有希望，几乎没有一件事情能正正当当去做。所有的东西都散发着虚伪的气味……我不喜欢这样的生活。所以，我最后也想办法出来了。"

"真好！你碰巧也来了得州。"她说。

"对，碰巧来了得州。"我说。

她意味深长地看了我一会儿。她那双很大很深的眼睛松弛了一些，眼睛下面有明显的横斜的细纹。过去，在她很年轻的时候，那双眼很澄澈，甚至有些冷冽，现在，它经常流露出忧愁和疲倦，却温暖起来。

突然，她表情诡秘地笑起来。

"什么？"我问。

她沉吟了一下，问："我在想……你当时没想过追我吗？我是说在北京的时候。"

"没有，但这是因为你……"

"不用解释了。"她轻轻拍了一下我的肩膀，落落大方地说："我和你开玩笑呢。"

"那你为什么不让我说完呢？"我说，"因为你太好看了，你看起来就像不会属于任何人。对我来说就是这种感觉。而我又是个有自知之明的人，我当时什么也没有，一个穷学生。当然，我现在也还什么都没有。"

"你为什么不直接说你是个太过于自尊的人呢？我早就知道你是这样的人。"

我没反驳她。我想也许她说得对，但她大概忘了她过去比我骄傲得多。

她的目光和声音突然变冷了："你来得州多久了？你住得那么近！你甚至都没想过和我联系吧？你真是个……我都不想说你是怎么样的一个人了。"

我觉得我最好什么都不说。我知道此时我说不出什么好话，一种郁闷甚至有点儿气恼的情绪控制着我。但停了很久，她不再说话，一种压迫感促使我不得不说点什么。

我说："你呢？你当初甚至不告而别！所有关于你的消息，我都是后来从别人那里听到的。而且这些消息都来得太突然……因为太突然，所以我听到的时候甚至都不觉得愕然了。我觉得这是我作为一个……朋友的失败。"

她定定地看着我，然后摇摇头，似乎我已经令她失望得不想说话了。

过了好一会儿，她才说："你想知道为什么吗？因为我当时觉得没有脸面见你这样的朋友。"

"对不起。"我说。我想她说的是真的。

"'不会属于任何人'，你刚才说我'不会属于任何人'，"她重复着我的话，目光有点儿挑衅地斜视着我，"现在的我呢？属于什么样一个人？"

"我相信现在的状况是暂时的，以后生活会慢慢好起来……"我说。

她似乎不在意我说的话。突然，她动作优美地向上伸展双臂，身子俯向前，紧贴在桌子上，说："美有什么用？况且，我也知道我早已经不美了……人要衰老、变丑，一个错就足够了。现在想想我那些不美的同学，她们都比我过得好。"

她说这些话时凝视着桌面，脸上有一抹恍惚的笑意。就像以往我们一起吃饭时那样，有时候她会突然坠入这种仿佛轻柔自语的状态里。我看到她的笑里仍然有那股迷人的孩子气，似乎她的意识正痴迷于什么别的东西，游移到了什么别的地方，忘记了眼前这个人的存在。过去，有时她会显得傲慢、目中无人，但有时候她又出奇地温柔、软弱，仿佛她需要完全地信任、依赖你，不管你是个什么样的人。在我眼里，她曾经是个看不透的女人，但我慢慢了解到并没有什么看不透的人，只要你真的去看。我想，无论多老，或是变成什么样子，她身上那股孩子气至少没有完全消失。对我来说，这就像是一种永远不会变质的纯真,是某种岁月无法夺走的东西。

4

我们首先听到了露西的哭声,然后看到德瑞克跑了出来。"露西醒了!"他对妈妈喊着。她站起来,抱歉地朝我笑笑,离开了。德瑞克站在那儿,依然挂着耳机,有点儿怯怯地看着我。我想到他是担心我要把手机收走了。我示意他继续看,他才心花怒放地握着手机走过来。

"你可以帮我找找'好奇的乔治'吗?我在电视上看到过。"他礼貌地问。

"当然可以。"

于是,德瑞克在我身边的沙发上坐下来。

她在房间里待了一阵子,我一直陪德瑞克看动画片,心想该找个合适的时机告别了。她终于抱着露西走出来。她抱着露西在屋子里慢慢地来回走着,边走边晃动手臂,说:"她有个怪脾气,刚睡醒的时候要抱着不停走,一停下来就爱哭。"

"刚睡醒的小孩儿可能缺乏安全感。"我说。

"小孩儿也各有各的脾气。德瑞克小的时候是睡醒了要在床上躺一会儿,露西得马上抱起来,不然就会越哭越厉害。"

我注意到外面的雨声又稀落了一些,窗外的天空放亮了,连屋里的光线也亮了一些,厨房的那盏灯就显得更昏弱了,几乎消融在日光里。德瑞克看得那么出神,令我有点儿不忍心突然停播他心爱的节目。又过了一会儿，我终于说："快六点了，我得走了。"

她惊愕地看着我，猛地想起什么似的说："哦，我早该准备晚饭了！你不要急好吗？吃了晚饭再走。"

"真不麻烦了，我回休斯敦还有事。"

"你为什么不愿意留下来吃顿饭呢？"她有点儿委屈地说。

"你带着孩子太忙了，真不麻烦你。"

"我不会给你做什么复杂的东西，我们也要吃饭啊。"她说。

"我知道，但我真的回休斯敦还有事，一个大学的师兄，我们晚上要见面吃个饭。明天一早我就回奥斯汀了。"我说。我觉得她其实是力不从心的，她大概很难想象张罗出来像样的晚饭，而我也很难想象和她的两个孩子还有汉森先生一起吃饭。我决心在汉森先生走出来之前赶紧离开。

"好吧，如果你不想留下来吃饭的话，再喝杯茶吧。"

"真的不用了。现在雨小多了，我趁这个时候走比较好。"

"好吧，要是这样的话……"她说。

她把我送出来，就像接我的时候一样，抱着露西，身旁跟着德瑞克。德瑞克眼里有真正的留恋，我猜他没有什么朋友，是个孤独的、无法不依恋母亲的小男孩。我请求他们赶快回屋里去，因为虽然雨几乎停了，但老橡树的枝丫仍往下滴着重重的雨珠。她坚持要把我送到车上。走到停车的那块空地上，我一把把德瑞克抱起来,举得高高的,连举了三下。当德瑞克在空中的时候,他的腿欢快有力地踢腾,他兴奋得"格格"笑出了声。

"你还会再来的,对吧?"她说。

"当然。我会再来看你们。"

"可我担心你不会再来了。"她很直接地说,盯着我,仿佛要从我的神情确定我是否在撒谎。

"为什么?我当然要来,因为我下次要送给德瑞克一个玩具。我很喜欢这小家伙。"

"他也很喜欢你。"她说,终于笑了。

我发动车子,打下车窗玻璃,她又嘱咐说:"你一定要早点来看德瑞克,他那么喜欢你。"

"一定会的。"我说。

"他会想你的。"她说。

我就要走的时候,看到她往车窗前急切地走近两步。她的脸俯过来,一只手抓着车窗的边缘,我看见她的脸红了。她显得有点儿犹豫,最后低声说:"我刚才突然想到……万一我妈在电话里面问起你……"

"我知道该怎么说。你放心吧。"我说。

我已经驶出去一段距离了,从后视镜里看到他们还站在那儿——他们三个,在橡树下面。她站在那儿的姿势比她的容貌显得衰老多了,而我想到她只有三十四岁。只是在这个时候,难受才一下子狠狠地攥住我,我的眼睛湿了。我突然想把车倒回去,把她从这可怕的、被遗忘的地方救出来,她,连同那个孤独的、长相酷似母亲的男孩德瑞克,带他们去休斯敦去逛街、吃饭,带他们去过正常的、热气腾腾的生活……而另一方面,我甚至无法确定自己是否还会回来看她,在克利夫兰的这个下午给我一种不真实的感觉,坐在她的家里面对汉森先生,或是看着她被这样的生活死死缠住,都令我感到一股阴沉的窒闷。我想如果我不回来,我也会给德瑞克寄一些书和玩具,我真心喜欢那个孩子。

我凭着记忆往前慢慢开车。等我意识到的时候,我发现我早已经过了那条灌木夹道的、仿佛梦境中的小路。我无法不去想她是怎么度过这些年的,和汉森那样的一个人,在这么一个地方,在一个对酷暑和寒冷都无能为力的铁皮匣子里坐着、来回走着、流着汗,日复一日,听着《我梦中的夏天》这样的歌,看着小窗户外面橡树的阴影和快要被荒草吃掉的农场小路……她,连同她的美貌、青春的热力,被囚禁在这贫瘠、劳作和无望之中,像被无情地侵蚀、过早地凋谢了的一朵荒原上的小花……她说得对,如果她过去的生活不是梦,那么现在的生活就是个梦,一个墨绿的、冰冷芜杂的梦。

当我看到那条旧铁轨时,我知道穿过铁轨我就要转上十号高速公路了。我打算不在休斯敦停留,直接开回奥斯汀。我向后看,没有一辆车,周遭一片浓绿,一片雨后的阴郁和静寂。

于是，我把车停在路边，在手机上打开 YouTube，搜出那首歌。而后，我一边开车，一边听那首名叫《我梦中的夏天》的老歌。它那奇特的不和谐感莫名地打动我，因为曲调是那么安静、忧伤，歌词却是愉快的：

  在这古老大树的绿荫下
  在我梦中的夏天
  在高高的青草和野玫瑰旁
  绿树在风中舞蹈
  光阴那么缓慢地流过，
  圣洁的阳光普照
  ……
  我看到我的心上人
  站在门廊后等着我
  夕阳正徐徐落下
  在我梦中的夏天

2016 年 9 月 25 日于休斯敦

二人世界

哭声停下来有一会儿了。她轻轻推开门，来到儿子的床前。他趴在那儿睡着了，脸伏在细细的小手臂上。毯子被蹬开了，大部分压在他身子底下。她拿来另一条毯子，淡绿色的绒毯，中间绣着一只白色羊羔，盖在他身上。他已经睡着了，但她仍然多此一举地轻拍了他一会儿。毯子很柔软，她喜欢手放在上面的感觉，还喜欢羊羔的图案。

孩子有张五官精致的脸，鼻子、嘴巴都小小的，微微翘起。这张脸在他睡着的时候更显得惹人怜爱。他快三岁了，那张脸上尽管仍余留着一些婴儿的气息，却也有了男孩硬朗轮廓的最初征兆。长长的睫毛、鼻梁的线条都预示着他将来会是个英俊的男孩。她用手指沾掉他眼睛下面残留的泪，坐在他小床前面的地毯上，看了他一会儿。

睡着的孩子都是天使。每天这个时候，她都会经历同样的情感波动——心疼、对自己刚才的粗暴感到愧疚。但她知道第二天一切还会如此重复。这孩子不爱睡觉。或许他们一起玩得太愉快，于是只要她在，他就想尽一切办法延长这欢愉，一心一意要得到她所有的关注。她没有办法，只好在反复规劝无效后假装气愤离开。他大哭，喊着妈妈，说自己会好好睡觉。但如果她软了心肠走进去，他又会故伎重施。孩子都是天真而又狡黠的小东西……她只能关上那个房间的门，到楼下起居室里等着。今天的天气晴朗、明亮，屋子里却显得更幽暗，就像有些凉爽的阴天或雨天，屋里反倒更加闷热一样。她直挺挺地坐在沙发上，留意着对面墙上橘色圆形挂钟的走动，看着窗外院子里生长的稀疏的植物，有些仍在开花，有的已经萎落、变黄，草坪上不时出现两三只觅食的麻雀或鸽子，景色里蕴含着秋天将至的迹象……直到他安静下来一会儿，她才轻悄地走进房间，端详着他熟睡的小脸儿，经历她每天必经的（对他人来说却是最无关紧要的）情感波动，想着在他醒来后如何补偿。

她自己也说不清楚是从哪个时候起，她开始爱上这孩子了。有可能她一直爱他，不爱自己的孩子是不可能的，只是以前她仿佛是被动的、出于本能地去爱，而现在她明白了这爱意味着什么。她最初的确把这孩子视为负担，视为丈夫和外界强加给她、她不得不接受的一个义务，她怨他完全改变了她的生活，侵占了她所有的时间和空间。如今放在他小床旁边、斜对着窗户的那张灰绿色单人沙发椅，是她过去喂母乳的地方。每天里的每两个或三个小时，她就抱着他坐在那里，有时在午后热乎乎的阳光里，有时在深夜的黑暗中，有时在凌晨稀薄、灰白色的光线中，只有他们俩。时间被哺乳这件事区隔成一个个小块儿，而她从未应对过的、突然涌来的无数琐事塞满这些小块儿……她相信她抑郁过。在最坏的那段时间，她身体发胖、脾气变坏、突然歇斯底里地发火、没有缘由地哭泣。但就算在最坏的时候，她仍然尽心照顾他，为他的睡眠忧虑，为他的饮食操心……她尽着母亲的职责，但她对他的爱是有苦味儿的，夹杂着陌生感、恼怒和对生活的失望。而现在，陪伴他这件事本身竟会让她快乐！变化像是在某个时候悄然地发生了，就像她不知不觉走过一道门，景观突然变了。她为察觉到他身上那些细微而日新月异的变化而喜悦，她喜欢悄悄注视他那张线条日益明朗、五官日益清晰的脸上各种可笑的表情。她笑得更多了。也许最有力的证明是，她开始想到他将很快长大，而到时她将失去这快乐……

但生活本身并没有太大改变，她每一天里的每个时刻仍然被男孩和家务填满。早上，她趁他还没有睡醒先起床盥洗，但那孩子太敏感，他一感觉到母亲不在身边也会很快醒来。往往她刚刷过牙，还在洗脸，他就已经翻身坐起来，奶声奶气地一直喊"妈妈"。她一边大声说话安慰着他，一边草草洗掉脸上的泡沫，走过去抱他起来。她给他换尿片、穿衣、洗脸刷牙，为他准备早餐……每一天都如此开始。然后,她陪他玩,给他读书,在院子里和他一起跑,或是开车带他去所有她能找到的室内、室外儿童游戏场。在那些地方,她仿佛飘浮在混乱的、梦幻般的儿童噪声的云端,她盯着他、紧跟着他,怕他摔倒,怕他的头碰上硬物,怕疯跑的其他孩子把他撞倒……在他午睡的一个半小时里,她清洗他俩用过的餐具,洗他的脏衣裳,收拾他扔得到处都是的玩具。她要把滴上了牛奶或果汁、撒了碎饼干渣的地板再次拖得一尘不染,因为等他醒来又会在地上爬来爬去玩耍。她闲不下来,但这毕竟是短暂的、可以独处的一点儿时间。

她太忙了,不再为自己的形象操心,连她对于形象的看法也改变了。每当她听到或读到那些劝说婚后女人应该如何精心装扮、保持魅力的建议,她就忍不住嘲弄地想:试试看有个孩子哭闹着抱着你的腿,你还能专心致志给自己化妆、卷头发?"女性魅力"这个词如今都会让她涌起些许轻蔑感。她深爱着一个人,他具有最纯粹的天真却又如此柔弱,在世上唯一能依赖的就是她……为了他,她不得不和琐碎的操劳、疲惫的肉体、容易厌倦的情绪作斗争,她不得不改变自己,放弃自己曾经熟悉、喜爱的东西。与此相比,那些仅仅追求轻松享乐的情爱又算得了什么!诸如女性吸引力、男性魅力这样的东西,对她来说更是显得那么肤浅、矫情。如果她丈夫现在过来告诉她说她已经沦落为一个乏味的、缺乏女性魅力的女人,她恐怕也不会感到多少痛苦，她只会感到他的感情是多么轻浮。丈夫对她来说即使不是变得无足轻重，也已经处于紧紧环绕她的那个核心世界之外了。对她和儿子来说，他有时就像个外人。

巨大的变化在她身上悄无声息地发生了。和这变化相对的是孩子父亲的始终如一。他是始终欢迎孩子到来的那个人。从精神上，他享受人生内容的进一步充实和天伦之乐的满足。他始终不理解妻子当初为什么竟会抗拒。生活上，他依然是个早出晚归努力工作、作息规律的人。当然，经济上的压力、责任感也会重一些，但与妻子所经历的生活方式的整个转变相比，这变化毕竟不算太大。他回到家，看到妻子和孩子，会问："怎么样？他今天还乖吗？"但他不知道他们俩这一天是如何度过的，也没有太多兴趣去了解那些填满了一天中每个时刻、分分秒秒的琐碎的事。他有时惊讶于她疲惫不堪的状态，不解地问："你怎么不和他一起睡个午觉呢？你到底在家忙什么呢？"当他察觉到她阴沉下去的脸色，他嘟哝着："我也是为你好啊，别把自己搞得太累……"走到离她远一点儿的、安全的地方。

他亲近孩子时的笨拙、不细心，他那股无法投入其中的外行模样，都让她窝火。她觉得他没有因做了父亲而变得成熟，他帮不上多少忙，还对小孩的一切与大人相异的行为大惊小怪。他曾提议，如果她照顾起来太吃力，可以把孩子送回国内一段时间，让他母亲带。他们为此大吵一架，因为她不明白他怎么会有如此狠心而又不负责任的想法，而他则委屈地认为她完全误解了他的好意。自她生育之后,他其实对她所经历的各种变化知之甚少,他甚至不能理解她为什么总是生气,不再像以前那样温柔、开朗、关心他。她惊讶于他的愚钝、麻木不仁!她对他的怨恨在心里慢慢累积,乃至变成了混杂着一丝讥讽成分的厌恶。渐渐地,她不再和他争吵,甚至不想和他说话。如果她明显感觉到这种冷漠伤害了他,她顶多敷衍地安慰他一句:"算了算了,你知道我以前不是这样的!我只是累。"和这冷淡相一致的是她身体的回避。她不怎么喜欢和他做爱了。

当力不从心的父亲似乎只是不断暴露自己的无能和缺陷时,儿子却越来越迷人。他身上的变化是奇妙的,她想也许最奇妙的变化是从他说话开始的。他不再是个懵懂的小兽,他开始表达,和她交流。他脸上的表情变得丰富,充满了天真的稚气。他开始赞美妈妈,尽管他还不懂得美,但在他单纯的世界里,他爱的就是最美的。所以他表示自己的妈妈最好看,如果她反对,告诉他另一个小朋友的妈妈更好看,他就受不了,他会生气地坚持说自己的妈妈最好看。有一天,她说:"如果妈妈老了……"他敏感地察觉到什么,气得哭起来:"妈妈不老,妈妈不老,妈妈不会老……"交谈使他俩走得更近。他嘴里经常冒出新的、让她惊讶的词句,那么连贯,单纯却不失意味。他的思考能力日益健全。她从一个烦躁幽怨甚至刻意冷漠的母亲变成了一位心甘情愿的、坚定的母亲,所有的耐心、爱都给了这个顽劣又温柔的小男人。与其说生活令她屈服了，不如说是他让她屈服了。

按照惯例，孩子还会再睡一个小时。她把他弄上了颜料的上衣用洗衣液浸泡在洗脸池里。他的衣服她全都手洗，她感觉这些柔软的小衣服和他一样，需要更细心的保护。然后，她下楼来到厨房，用微波炉解冻一片三文鱼，用一点儿盐和柠檬汁把鱼腌上，准备晚上给儿子煎一下。这时候，她听到餐桌上手机的震动。她利索地用保鲜膜把鱼包起来放进冰箱，洗净了手。她拿起手机，看见他一连发来的三条短消息，最后一条问她小家伙是否已经午睡了。她犹豫了一下，没有立即回复。她把刚才泡好的一杯茶喝下去，又上楼把男孩的衣服洗出来，晾在浴室里，这才下来回复他的短信。紧接着，他的电话就打过来。她一边收拾着扔在地板上的乱七八糟的玩具，一边听他说话。他大概感觉到她在忙什么，有两次他问："你还在听吧？""听着呢。"她说。第二次他这样问了以后，她不再去收拾丢在地上的那些玩具。她想，他们已经好几天没有打电话了，总是因为她没有时间，她应该专心致志地接他的电话。她站在厨房里打电话，面对白木框的格子方窗。没有篱笆的后院草坪连着从坡上延伸下来的一片树林的边缘，林中有几棵树上的叶子已经黄绿斑驳，一只尾巴是蓝色的漂亮的鸟在树林边缘的空地上呆立。她希望自己不是回答得那么简短，还希望能主动找个有意思的话题,但她听见自己消极应答,说出的话干瘪乏味。她不信他感觉不到。

"你……还是很忙?"他仍然是好脾气地问。

"当然了,我怎么可能不忙?"她急躁地说。只要有人对她的忙碌、劳累表示半点儿疑问,她的火气就往上蹿,这是她控制不了的。但她立即察觉到自己的失态,突然沉默不语了。

他似乎等了一会儿,发现她并没有要说什么,才问:"我多久没听见你的声音了?"

"一个多星期吧。"她隔着电话勉强笑笑。

"你听起来心情不好。或者,我不该打这个电话?"他问。

"每天都是忙忙碌碌,也没有什么心情好不好。"她有气无力地说。

"我知道你很累。"

她想说:你不会了解的。但嘴里说:"那就好。你就明白了我为什么说起话来很沉闷乏味。"

"我不觉得乏味,"他说,"但你说话速度倒是快了一倍。"

她这时看了看墙上的挂钟,心想,他难道不明白她不能像以往那样和他煲电话粥?她现在几乎每分每秒都有事情做。眼看小孩就要醒了,她还没有拖地板,玩具仍然散乱地扔了一地,她本来想趁这个时间烤点小蛋糕。但看来什么都不可能做了……

又聊了一会儿,她说她得走了,因为儿子大约要醒了。他嘱咐她赶快去,但临挂电话之前,他又有点儿犹豫地开口问何时才能见面,他已经将近两个月没有见到她了。这是他近来每次电话结束都会问的最后一个问题,她也像以前那样许诺:"我再告诉你。我会想办法的。"她到了楼上,感到筋疲力尽,靠在孩子床边的单人沙发椅上,闭上眼睛。

她有一个男友。在孩子出生前的两三年,他们就在一起,关系平稳、充满温情。她对此倒没有多少负罪感。他们既不是因为什么不堪的原因在一起,也说不上是为了贪图身体享乐。当然,她以前并不是个拒绝肉体快乐的女人,但说到肉体的快乐,她丈夫反而能给她更多。她接受这种关系是因为喜欢他性格里那种宽厚、善良、令人不由信任的东西。他真心地爱慕、欣赏她。她想她也是爱他的,因为精神上的喜爱而容忍了他在床上的莽撞和笨拙。她其实更喜欢和他一起去哪儿散散步,她更喜欢和他说话、一起吃东西,拥抱亲吻也会给她恋爱般新鲜、激动的快乐,但她并不那么喜欢和他躺在一张床上。他身体强壮,但他似乎不知道如何掌控他的力量,于是,那股力量就像被禁锢在他身体的围墙里,兴奋、紧张、四处冲撞而不得要领。

她疑惑的是她怎么不再从他的电话里得到快乐和甜蜜了?她怎么会暗自期望他早些结束交谈并且期望他不再经常打电话来?他并不曾做错什么。相反,他的作为本来应该可以感动她：对于一个生了孩子、性情和模样都发生重大变化的女人，一个他很难见面更没机会触碰一下她的身体的女人，他依然殷勤问候、念念不忘……她明白是她自己变了，但她并不喜欢这变化。

坐在灰绿色的椅子里，她试图回想他们一起度过的那些时光，一些过去的画面，他们去过的地方、说过的动人的话，那时候他的样子、她自己的样子……那都是在孩子诞生之前的事。睁开眼，她看见孩子睡意浓郁的脸：微微张开的小嘴、因手臂的挤压而可爱地歪斜着的肉嘟嘟的面颊。时间快到了，他随时会醒过来。她不能再沉浸到她的回忆里了，她无法等这些画面慢慢聚拢，然后沉下去，浸泡在温柔的记忆之水里，像底片在显影剂里慢慢显出清晰的影像。而往事来不及清晰呈现的脉络，像被涟漪摇散的水面镜像一般模糊、破碎了。

突然，她又听到手机的震动。她跑过去拿起手机，发现是他打来的电话。她走进洗澡间、关上门，低声问："怎么突然打过来？"

"小家伙醒了吗？"他没有回答她，反问道。

从他的声音里她仿佛能听出他的笑意，她顿时有种奇怪的预感，紧张起来："你在哪儿？"

"我就在你家对面。"他说。"你走到二楼面朝车道的窗户那边，可以看到我。"

她迅速跑到隔壁房间，那房间对着社区的小道。她掀起百叶窗的一角,看见那辆熟悉的车停在路对面。车窗打下来,她隐约看见从车窗里露出的他的半张脸。她放下窗帘,背靠着墙壁,站在阴沉沉的房间里。

"你怎么来了?"过一会儿,她问。

"刚才打电话时我就在附近。"他说。

"可是……你不知道这样很危险吗?而且,小孩马上就醒了。"她压制着声音里的不悦。

"所以我不是先打了电话吗?他还没有醒吧?我不想干什么,只是想看你一眼。"他口气轻松地说。

但她不想见他!她以前或许会喜欢这种意外之举,但现在她穿着宽松、褪色的睡衣,没有戴胸罩,头发胡乱在脑后绑成一团,而他竟然要马上见她。她沉默不语,他也沉默不语。她又走回洗澡间,对着镜子一把扯下绑头发的发圈,开始拿梳子梳头发。她看到镜子里的自己满面倦容、肤色暗沉,但她决定不再花时间重新洗个脸。她怀着一种自毁的、夹杂着报复的快意想象他看见自己这副模样的反应。

大概她很久没说话,他感觉到了什么。他的声音弱下去:"要是你不方便……"

"你来吧。但我不能让你进来说话,因为小孩就要醒了。"她说。

"我不会进去,我只在门口看你一眼。"

她穿上胸衣,跑去衣柜里拉了一件黑色圆领上衣套上,下面仍穿着那条居家的印花睡裤。她到了楼下的厅里,厅里看过去也是让人沮丧的凌乱:靠近门口的鞋柜旁边放着一袋系好但还未扔出去的垃圾,地板上散布着她刚才没来得及收拾、归整的玩具,茶几上扔着一些蜡笔和散了叶的绘图本,孩子的一双脏袜子搭在沙发的扶手上,一个墙角里是五颜六色的、自由滚动成形的一堆球……她知道他已经在门外了,走过去径直打开门。她直直地、有点儿挑衅地看着局促不安的他。他脸上的神情诧异又羞臊,不知道是因为她这副打扮,还是因为她脸上毫不掩饰的愠怒。她看到他的脸红了,慢慢地,连他的耳朵也红了。他还是抱了她一下。对她来说,这拥抱也显得古怪,僵硬、过分用力,而且他从外面进来,外套是凉的。她的目光越过他的肩膀,看到路边大树的叶子斜斜落下来,街道上始终静寂无人,也无一辆车经过,只有他那辆黑色车子,像是静默的巨兽,蜷缩、等待在街边的一个角落里。

"你以后不要这样,"她说,"你如果来一定要提前对我说。"他说他肯定记住。他们就站在门口,她挡在他前面,没有让他进来坐一分钟的意思。家里的凌乱、她自己的凌乱,这一切都让她情绪不佳。匆匆告别前,他又紧紧握了下她的手。只有那一瞬间,她感觉到了烦乱、沮丧之外的别的东西。他的手掌很大,厚实而温柔。

那几天,男孩发烧了。他的小床本来并排和他们的大床放在一起，生病的时候，她把孩子抱到大床上和她睡在一起。靠她那边的床头柜上，摆着退烧药、感冒药水、保温水杯、儿童用的吸管杯，床头柜的抽屉里塞着体温计、物理退烧贴、抑制咳嗽的涂抹药膏……她让丈夫睡在客房里，也就是那个窗户临着居民区小路、挂着蓝色百叶窗帘的房间。后来，孩子退烧了，留下一点儿咳嗽和鼻塞的后遗症。但她仍然让男孩睡在大床上。

秋冬之交，院子里的花草大多凋零了，草坪上覆盖着一层厚厚的落叶。一天下午，她丈夫回来很早，他剪掉那些枯萎的花枝、整齐地捆好放在路边，又清理出来几大袋落叶。凋敝、芜杂的院子变得清爽整齐。她想，他终究还是个顾家的男人。孩子仍在午睡，他们俩难得一起坐着喝茶，她还端出来一碟沃克尔黄油饼干。两人相对的情景竟让她感到有点儿陌生，大部分时间也是沉默里打发掉了。后来，他笑着对她说："昨天晚上我上去找你的时候，你已经睡着了。"她一下子就明白了他的意思。从他说话的样子看，他是鼓起勇气向她暗示他的要求的。他们已经很久没在一起了。那晚过了十点，她照顾儿子睡下。等他终于睡着了，她也有点儿睡意蒙眬，但她没有睡过去。丈夫上来，把睡着的孩子抱到了小床上去。她看到他被安置在那张冷冰冰的小床上，竟生出一种做母亲的羞愧感。

丈夫的身体很亢奋，但他尽量延长自己和妻子的快乐，他是个做起爱来注重技巧的男人。在未生育前，这是她喜欢的方式,她知道怎么和他一起享受。他们一直维持亲密的婚姻关系,不能不说这是一个重要原因。但现在,几乎每一次,她都希望他能早点儿结束,她想尽快舒舒服服地睡一觉。当一个人身体过于疲倦、渴望睡眠时,她是不能尽情享受感官之乐的。但她丈夫并不了解这种变化。他换着姿势,试图刺激她。她的眼睛时而紧闭,时而睁开,斜眼看着黑沉沉的、仿佛背后掩藏着许多莫名暗影的低垂的窗帘。洗澡间里一盏小灯开着,从没有完全关闭的门后射出微光。光在门上铺开,在旁边的墙角那儿折过来,歪斜地投射在床头上方的墙上。而小床上儿子偶尔发出的咳嗽声,还有他因为鼻子堵塞而夹杂着哨音的呼吸声,也都让她焦虑、跑神。有几次,她对他说:"小声点儿,别把他吵醒了。"她甚至开始有点儿厌烦性爱这种东西了,当她被男人压迫着的时候,她会莫名地生出一点儿被屈辱、伤害的感觉。她想到孩子,想到促使一些男人奸污女童的罪恶欲望与这欲望不也是同个出处吗?促使那些士兵奸污被占领地区妇女的不也是这种男人的欲望吗?促使一些女性悲惨地沦为性奴的不也是同一种欲望吗?男人的欲望,充满侵略性、破坏性、恶性……她知道自己在胡思乱想,但这些飘忽的、毫无理由的念头不可控制,让她不舒服,让她的快乐又少了一些,让她有时突然生气,责怪他的粗暴。除此之外,她对这个想要点燃她身体的激情的男人又有些愧疚。她自己都能感觉到身体的生硬,它死气沉沉、消极怠工。终于,她忍不住对丈夫说:"你能快点儿结束吗?"他的身体僵住了。"为什么?"他随口问,更像是还没有反应过来她问题是什么。"因为我太累,我想早点睡觉。"她直言不讳。他明白过来她的意思。他没有像她要求的那样尽快结束,而是从她身上下来了。他告诉她他去冲个凉,她现在就可以睡了。

她明白是她伤害了他,但他突然燃起的、无声的愤怒却阻绝了她想要挽回的念头,她拿自己冰冷的愤怒与之对峙。他一离开,她就把孩子从小床上抱到她身边。男孩露在毯子外面的一双小脚很凉,她把它们握在手心里暖着。她的额头轻轻触着他的额头,明知他听不见,却自顾自耳语:"好了好了,妈妈在这儿呢……"她发现她自己的身体冰凉,男孩小小的身体却温热异常。挨着他,她就感觉好一点儿、平静一点儿。那父亲回来以后,在床的另一头躺下了。他们俩谁也没有再说一句话。她在想,他是否真的睡着了?她知道那样的伤害对一个男人来说意味着什么。她想到,或许她的身体里真的发生了某种变化,使它丧失了敏感,使体内那种对肉体快乐的欲望淡化了。这或许就是生物界的定律,就像那些哺乳动物里的母兽,在生育以后,她们往往就对求偶者失去了兴趣。但这难道是她的错?她的身体曾爆炸般地膨胀,而后它猛地缩回去,变得松弛、干燥、过于平静,像冬眠的土地。它不再善感,这的确让人悲哀,而男人不了解这些,又增加了一层悲哀。她的失望渐渐延伸到另一个男人身上。她肯定他们俩谁也不真的理解她,谁也无法帮助她，她经历了他们永远无法经历、理解的东西，这在她和他们之间产生了永久的隔膜。而他们还像以前那样索取她的关注、她的爱、她的时间，因为她不再像以前那样而费解、愤怒，他们不明白，总有一天，柔媚的女性会像漂亮光彩的羽毛一样从她身上褪去，宽厚、强韧的母性取代了它，这和万物生息、生命更迭一样自然、无可抗拒。

一个星期都在断断续续地下雨。连续两天，或是中间相隔一天……不下雨的日子也阴云密布，早晨的光线便昏暗如同薄暮。没有被风卷走的叶子最终被雨打落了，落叶木的树枝如今全都光秃秃的，只有对面街角的两棵松树，孤独地绿着。某一天，夏令时也终止了。白日更短，下午五点，天就完全黑了，街灯和院子里甬道两边的矮灯的光洇在湿淋淋的夜色里，街灯悬在空中，矮灯像是浮在黑沉沉的水面上。冷湿的雨天，她和儿子整天待在家里。倦怠往往和黑暗同时降临，五点以后，她开始失去耐心。敏感的孩子能感觉到妈妈的变化，于是，孩子和她不时地跑去百叶窗那儿，看夜色里有没有一辆熟悉的车开近来、灯光穿透纷乱的雨线。

他俩又一次从窗前失望而归。孩子宣布："爸爸还没有回来。"然后，她陪他坐下来，看他重新组装一个乐高的小车。她想到自己的世界现在更小、更简单了，她又把它剪去了一大块儿。她心里空了很多。过去的回忆有时会突然间冒出来，像还未完全愈合的伤口时不时突发疼痛。

按照他要求的那样，一个星期六，她把男孩托付给他父亲，自己去看牙医。看完牙医，他们就在诊所附近的一家书店里碰面。书店里有咖啡馆，他们坐在那里。她记得她食之无味地吃着他买给她的蛋糕，一边粗鲁地向他坦诚，说她现在食欲和性欲都减退了。看得出，他很惊讶她说出这样的话。她若有所思地看着他的反应，心想现在的自己该会让他觉得陌生、失望，如果这样的话，倒是一件好事。书店里暖气充足，但咖啡馆的壁炉里还是煞有介事地烧着木材，火光映照在他穿的灰色毛衣上，他看起来红光满面。她暗自惊叹：他现在显得比她年轻多了！咖啡馆里几乎都是单身的年轻人或情侣，没有孩子，没有一丝她日常置身其中的儿童的喧闹，是她曾经属于的那个世界。壁炉安静燃烧，木材的气味和咖啡的焦香在空气里微妙地缠绕在一起。她像老朋友一样和他聊天，时而哈哈大笑，没有半点儿暧昧。不过，她始终没有机会说出她想要说的话。

她说她得回家了，他们于是从书店走出去。就在书店门口那儿，他问她的车停在停车场的几楼。"二楼。"她说。"我的车停在三楼。"他说。他站在那儿踌躇了一会儿，要求说："到我的车里一会儿吧，就几分钟。"他们坐电梯到了三楼停车场。他的车面向一根嵌在墙壁里的水泥柱子停着。在昏暗的车里，她让他拥抱、亲吻。像以往一样，她说不上反应热烈，但很柔顺。大约十分钟后，她又说她必须走了。他很通情达理，要送她下楼到她的车里。这时,她才对他说了她早已准备好的那些话。因为车里昏暗,她不必像在咖啡馆里一样在明亮的光线里被他看着,而他脸上掠过什么神情,她也看不清,所以她发现在车里说话更容易。他说他不能理解,他说如果她太累,她不必见他,他也不会打扰她,他可以等,这三年来不正是如此?但他觉得感情并没有变。他说他并不是一个非要怎样的男人,他从来不愿意成为她的负担……她那些温和的理由都被他反驳了。

"但不只是这些问题。我不觉得没有变,我感觉我已经不爱你了。"她说。她尽量不假思索、客观地说出来,像在讲和他不相关的事。说话时,她看着前面的墙和那根灰黑的、样子丑陋的水泥柱子,柱子的底部被染成醒目的黄色,以免停靠的车撞上去。他愣住了。"我觉得也不爱他了。是真的。"她又补充说。她这么说也不仅仅是为了安慰他,她很愿意对谁说说这样的感觉,她自己也困惑的感觉。他明白"他"指的是谁。沉默了一阵,他几乎用带着冷笑的语气问她:"你是说你只爱孩子?"她不喜欢这种语气,看看他,没答话。"如果这只是暂时的呢?我是说这种所有心思都在孩子身上的状况,很多女人刚有了孩子之后不都是这样吗?然后她们的生活会慢慢恢复常态。难道……非要分手吗?"他又问。她心里说"慢慢恢复常态"是不可能的,有些东西永久性地改变了。但她觉得说出来他也不会相信。过一会儿,她说:"也不完全是因为感情。我不想让我儿子长大后发现他母亲是个不诚实的女人。"这是个无可辩驳的理由,他们没有再为此争执了。他送她到二楼的停车场,看她坐进车里。她打下车窗说:"你回去吧。"他只是怔怔地望着她,表情疑惑。

　　结束远比开始容易得多,她想,但结束的并非就消失了。无论如何,她还是觉得她做了正确的决定。如今,想到他的温柔、周到,他对她近乎溺爱的包容,她觉得那不过是因为他不必每天面对她、面对各个时候的各种面目的她,他不需要在每天傍晚的这个时候准时开车回家,他不必被她日常的烦乱、沉闷、阴晴不定的情绪所笼罩。最主要的也许是,她很清楚他不会乐意和她一起抚养她的孩子。所以,如果有天生活真把他们放在一起,他肯定会变成另一个人。这样想,她的痛苦会缓解一些。

　　她意识到孩子在叫她,发觉一只小手正紧握着自己的手臂、摇晃着她。她为自己发呆跑神儿害臊,假装兴高采烈地喊起来。"快把你的图块拼上。"男孩对她说。她这时才意识到他已经在她手里塞了几张拼图卡片。她努力辨认着他已经拼出来的图形和自己手里拿着的那些图形、色彩的碎片。她开始和男孩一起做拼图。他玩得那么专注、快乐,完全忘记了她刚才的迟钝、对他的忽略,就像他在她每次发完脾气后会迅速忘掉她的暴躁,仍然满怀爱意地投入她的怀抱一样。等他们把图拼完,他高兴地拍起小手。她亲亲他的脸颊,他马上伸出小手臂搂住她的脖子，在她的脸颊上、额头上亲了起来。现在，对她来说，这样的温柔无疑成了生活里最滋润心田的东西，是她情感世界里长出的新果实。她的生活、她的世界变小了，小多了，小得只剩下他们俩围着个果核般的微型宇宙中心规律地、反复地运转。但很多东西，很多她过去想当然地认为自己了解的人和事，却在她的世界变得极单纯、微小后，才真正看清楚了。

接着，男孩要玩探照灯游戏，他跑过去关上了房间的灯，一手拿着手电筒、一手拉着她，他们一起在房间里巡行。男孩用灯照看他各式各样的玩具，在那束光里，它们显得的确和平常不太一样。突然，他们都注意到屋子里光线的奇特变化。一大片光从窗户上迅速扫进来，漫游过墙壁和大块的天花板。屋里的很多东西被它骤然照亮，未被照亮的地方却更加阴影浓重。然后，光熄灭了，引擎的喘息声断然停止。男孩跑到窗前，跳着叫着："爸爸回来了。"

男孩丢下手电筒，跑下楼梯去迎接父亲，她没有加入他的欢迎仪式，只是跟着下了楼。丈夫打开门，抱起迎接他的男孩。她在另一边站着，与雀跃欢叫的孩子比，显得过于冷静。等丈夫脱下皮鞋、换上便鞋，她对他说好了，她现在该去做晚饭了。

2018 年 11 月 28 日于波士顿

飞鸟和池鱼

1

那天,她终于愿意出门了。我们开车去我姑姑家吃饭。那天一早刮起了风。我醒来、还未起床时,听到楼下树枝碰撞、树叶"簌簌"干落的声音,这种风声我很久没有听过,让我想起很多年前的初冬的光景。

她出门时穿着件大红色的毛衣,脸上还扑了一点儿粉。她看起来和突然而来的好天气一样,很鲜亮。这说明她确实想出去。上次她愿意让我带她出门大概是在三四周前。然后,在几周的时间里,她就待在这栋不足八十平方的房子里,连楼也不愿下。她待在家,摆弄她的旧东西,想她自己的事。我出门一趟回到家里,她仍然穿着睡衣睡裤,和我早上看见她的时候一样。有时候,我问她在家都想些什么样的事。她惊讶地看了我一眼,说:"什么事儿都有啊,太多事了,还有你没有出生以前的事……哎呀,我的脑子里塞得太满,想不清楚的地方我又喜欢一直想下去,弄得我头疼。"

我们出门,天空浅蓝,高远,前些天的阴霾、闷燥突然间消散了。我开着父亲留下的那辆白色海马小轿车。这辆车十年了,我父亲开了将近八年。以往我每次回家,他都会开着这辆车去火车站接我。然后他走了。他离世以后,我以为悲伤会慢慢弥合,生活会逐渐恢复平静,尽管对我母亲来说,它肯定更为孤独,而对我来说,它肯定更为无助……但另一件事发生了,生活完全变了样。

她坐在副驾驶座,看着车窗外。她因为要看什么东西而夸张地变换着坐姿,一会儿把头缩下去,一会儿使劲儿往外伸。如果不是头发几乎全白了,她那样子就像个幼稚的孩子。生活完全变样了,我指的就是这个:她变成了一个孩子。而我变成了她的什么呢?我得像对待孩子一样小心而耐心地对待她、密切留意她的一举一动。我们两个倒换了角色:前三十年,我是她的孩子。现在,她是我的孩子。

想到这一点,我就觉得生活很荒唐。从小学开始,我所有的努力似乎都指向一个目标:离开这个地方,到更好、更广阔的地方去。而我确实做到了。我在广州读书、生活了将近十年。即便我父亲离世,我的人生轨迹看起来也不会有什么改变。但某一天,姑姑突然给我打了个电话。于是,我不得不迅速辞掉我的工作,离开那个"更好更广阔的地方",回到这个小地方,就像我不曾走过,就像过去的那些年,我付出的努力、得到的一切不过是徒劳地转了一个圆圈,最后,起点和终点重叠在一起。不知道在我父亲去世后的一年多里发生了什么,她在电话里从没有提起她心里的那些变化。有天晚上,她突发奇想地爬到我们住的那栋楼的顶端,在靠近生与死边界的地方来回走动。下面,越来越多的人在围观。不是,她不是想自杀,她说她那天就是觉得会有很危险的事情发生,所以她躲到楼顶去了。

她生病了,一种奇怪的病。她需要持续接受精神治疗,他们说。她随时会做出无法控制的行为,她身边需要人全天陪护,他们说,除非……但我不可能把她丢进精神病院,我是唯一的儿子。不犯病的时候,她差不多是个正常人。她对我说,我回家后她觉得自己已经好了。她说过去她常常睡不着,总是有人在门外、窗外弄出动静,他们还想到屋里来。现在,他们消停了,很少再折腾。"他们是谁?"我问她。"不知道,"她烦恼地说,"说不定是你爸那个死鬼派来的。要命啊,我昨天还梦见你姥爷了。他在梦里还吓我,就像他刚去世那会儿。他刚去世那会儿,一直给我托梦,在梦里,他总是吓我,我吓得晚上不敢睡。""那是你几岁的时候?"我问她。"十来岁的时候。他在梦里一会儿变一个脸……"

我把她的床和我的床挪到紧贴着墙壁的位置,夜里,我和她只有一墙之隔。我让她不要锁她的卧室门,留一盏台灯,如果害怕就立即叫我。睡意蒙眬中,我时而听到她在房间里来回走动的声音,还有她哼哼唧唧的含混的自语。我挣扎着让自己清醒过来,敲敲墙问她怎么了。她在墙那边回答:"没事儿,就是睡不着。"我自己的房间里也整夜留着一盏台灯。我渐渐习惯了在灯光里入睡,改掉一个人时裸睡的习惯,穿着整齐的睡衣睡裤,以便随时起床。我的房门也和她的一样不上锁,方便她随时走进来。我知道她仍然睡不好,她日益倦怠、不再出门。除了那些声音、梦、古怪的念头、久远的记忆,她似乎对什么都失去了兴趣。我不得不出去的时候,她反锁上门,在家里等我回来。其实,我和她一样不喜欢出门,在这个小地方,到处都是熟人,谁都没有秘密可言。那些殷勤的询问和廉价的同情令人生厌,他们脸上分明赤裸裸地写着:他妈妈是个疯子!

一切都停顿在这个点,一切陷入困局,她的心智、我的生活,全都卡在这里。但就现在的局面而言,静止、凝滞反倒是让人安心的,而一切的变化、前进可能都预示着危险。

2

我姑父身材高大、肥胖,因为过于庞大的身躯、浑浊的嗓音,以及脖子上厚厚的肉褶子,他显得有点儿凶狠。但他其实是个温厚、容易动感情的人。午饭是他做的,特别做了她喜欢的老鸭萝卜汤,但她吃得心不在焉,汤也只是喝了半碗。有时候,姑姑、姑父问她一句什么,她要过几秒钟才回过神,才明白他们是在对她说话。她的眼神说明她不情愿和人交流，她人已不在此地，正神游于另一个世界。我们和她说话，只是要把她从那个世界里唤回来的徒劳的努力。

午饭后，我姑姑在阳台封闭起来改造而成的厨房里洗碗。她到卧室的床上躺下休息（她虽然严重失眠却很容易疲倦），我和姑父坐在客厅的沙发上说话。姑父穿着一件起球起得厉害的旧毛衣，让他看起来像头毛茸茸的熊。他眉头紧锁地抽着烟，一圈圈烟雾聚拢、漾开，像空气里的青灰色涟漪，然后它们慢慢伸直、攀升，在接近天花板的地方消散。

"今天天气真好。"我说。

"嗯。"姑父应了一声，仿佛在想事情。

随后，我说起让姑父帮我留意一下有没有人想买旧车。

"你要卖车？你这辆车根本值不了几个钱。"姑父说。

"给钱就卖。其实也用不着，还得出保险啊养路费什么的。"我说。

"钱上有困难？"他问。

"暂时没有。"

姑父沉默了一会儿，随后站起来说他去拿点儿东西。他回来时塞给我一个信封。"五千块钱，我早就取好放着呢。"我推脱不要，说不缺钱。他用不容置疑的口气说："你拿着，别说其他了。"

事实上，因为那些昂贵的药，我父母的存款、我自己工作这些年的积蓄都在飞速消减，我们处在坐吃山空的危险境地。她需要那些药，据说，它们能避免她坠入更深的抑郁、疯狂，同时，她也需要我，那么我需要一个使我尽量不必外出就能挣钱的方法。考虑了各种可能后，剩下的选择就是开一个微店。我在微店里卖这里的土特产：胡辣汤料、芝麻油、真空包装的卤牛肉、烧鸡……有时候，一天里我会接到几个单，有些还是朋友们出于同情下的单。有时候，几天里也没有一个单，而某个挑剔顾客的差评能立即毁了你努力很久建立起来的信誉。这东西根本无法维持我们的生活。后来，我又和朋友合伙投资了一家加盟奶茶店，说好我不参与管理，只是抽少量利润。有天，我偶尔经过那家奶茶店，看到我们雇用的那个小姑娘趴在柜台上睡着了，她身后站着我们雇用的那个男孩子，他斜靠在放机器的台子上，正面带微笑地、沉迷地玩着手机。我默默地走出店里，竟然没觉得气恼。我只是羡慕他们。

　　我收下了那个信封，对姑父说以后有钱的时候再还给他。过后，我姑姑才走过来加入我们。她没有提钱的事，但我想，这是他们俩商量好的计划。只是为了保护我的自尊心，她扮演了那个什么都不知道的人，而我姑父则装作这件事根本没有发生。我从姑姑看我的眼神里感觉到她对我的怜悯，那是真正的、带着疼痛的怜悯，这怜悯让她双眼湿润。她那双在日常劳作里变得粗糙的、红通通的手放在她还没有解下来的围裙上，看起来有点儿不知所措。我想，她心里一定在叹息：可怜的孩子，命苦的孩子……她只是不敢再用她惯有的悲哀语调说出来，她说出来会惹得我不高兴，姑父会因此斥责她。我的痛苦、我的困境，这都是我的隐私，我并不希望从别人嘴里听到它。

大概过了四十分钟，她从卧室里走出来，脸上带着迷茫又有点儿惊恐的表情："我刚才竟然睡着了。我一醒来，吓坏了，床啊、屋子里的东西啊，都不认识！我这是哪儿啊？现在才缓过神。"

午后的光线透过窗帘中间拉开的缝隙，斜照在地板上，那片光在离她脚下不远的地方变细了、暗淡了、消失了。在窗玻璃的外面，贴着一只冻僵的、等待死亡的黑苍蝇。我看看她，什么都没有说。她真的病了，她看起来就像个午睡醒来、受了噩梦折磨的小孩子，懦弱、可怜。我感到一股剧烈的心酸，站起来去了厕所。我想，很久以前，我就是那个午睡醒来、做了噩梦的小孩儿啊，我心情恶劣，会哭着找到她，她会把我搂在怀里、安慰我，我就又觉得这世界温暖、安全了。现在，她却不能告诉我她做了什么样的梦，到底是什么在反复地折磨着她。当然，这不能怪她，这是疾病，她自己也理解不了。她的精神世界里住着一群失控的小恶魔，它们就像夜色中的蝙蝠一样诡异地、阴险地扑飞。

这是疾病——在绝望让我心情阴郁的时候，我每次都是这么安慰自己——那么，也许会有好的一天。我只需要一次次带她去看那个板着脸的、坚决不给出答案的医生，一次次去开那些药……我要从这些机械性的行为里找到一点儿希望，哪怕是微乎其微的希望。

3

"天真好啊，"回来的路上，她说，"你看见那一大片云了吗？看见了没有？像不像一只大鸟？"

我朝她看的地方看过去，惊讶于她的描述多么准确。那块云的确像一只大鸟，一只翩然飞翔的鸟。它的翅膀展开，身体舒展，长长的脖颈向前伸着，絮絮的云就像它被风吹乱的柔软的羽毛。

我发现她把车窗打开了一条缝，她的额头和眼睛露在外面，下半部的脸贴在车窗玻璃上。干瘦、像孩子般失去女性性征的她看起来像极了一只鸟，一只白头、红身子的鸟。我想，如果我把她想象成一只飞鸟，一只我养护过的鸟，那么她想要飞走、随时可能飞走的念头或许不会那样折磨我。

我们可能很快就会失去这辆车，人们只需要给我一万块钱，我就打算把它卖掉。想到这个，我对车又心生眷恋。它是我父亲的遗物。我开着这辆车，就足以唤回父亲在世时那些生活的回忆，就足以制造某种瞬间的幻觉：生活还是像过去那样——一个无忧的生活世界，一个少年人的生活世界……但和车相关的一切费用对现在的我们来说都成了没有必要的沉重负担。想要卖车这件事,我从没有问过她的意见。不知道她会极力反对,还是对此根本就不关心。现在,无论是钱,还是冰箱里的食物,还是饭菜,这些东西仿佛都不在她的关注范围内。她似乎在思考更深邃、更邈远的事物,眼神里经常透出有所发现的惊异和极力保存秘密的闪避。

有意思的是,在她患病以后,她在偷偷地写日记,也许,不能说是日记,只是随便写点儿什么,记录在一个本子上。如果她觉得被我发现了,她就把"日记本"藏在某个地方。但她总是忘记她自己藏它的地方,为了寻找它而把整个卧室翻腾一遍,最后,通常是我帮她找到的。我偷偷翻看它,那些文字就是那些诡异、阴险的蝙蝠从她意识里群飞而过的痕迹。那里面充满了我听不到的声音、我所不知道的陌生来客以及我父亲这个鬼魂对她的秘密拜会、挤在窗户上面的朝她窥视的小脸儿、站在雨地里的淋得精湿的透明人……我发现,好几次,她混淆了我和父亲的鬼魂。她把父亲也称作"小亮"。我很害怕她有天会真的把我当成父亲。还好,到目前为止,在现实生活里,她还没有犯这样的错误。

我看着这些句子,它们来自失序的意识的深渊,却具有某种毒药般的瑰丽。我不能看太久,否则我觉得自己也会被这股黑暗的漩涡或是潜流卷到另一个世界里去。我对医生提起这些,他说:"这很好,对她来说是一种纾解。"他要我把我能记住的内容记下来,治疗时向他汇报。我受命去做这个我自己觉得其实徒劳无益的工作,我必须不带感情地去做,抵制这些自深不可测的黑暗中飞来的句子、形象对我的侵蚀。

显然,她对她写的这些深信不疑,但她平常并不和我说起这些,大概她觉得我既不会相信也不想听她说。这也是好的征兆,说明她仍在极力控制自己,她对说话的对象还存有判断。总之,她爱"小亮"却不信任他。

"我们去公园吧。"她这时说。

我感到惊讶,但立即听从了。她愿意出去走走,对我来说这就是让人振奋的消息。

她说的"公园"其实只是一个有一点儿绿化的群众活动广场。广场中央有个很小很小的水池,水池中间竖着一扇冒充假山的石头,这块石头上非常可笑地刻着三个字:鱼之乐。原因是池子里养着几条鱼。这些鱼总是反复被人弄死,或者自己在污秽的环境中死去,所以总是会有几天,池子是空的,接着又来了一批鱼,几条注定死去的、孤独的鱼。

她喜欢提起"公园",总会说起她年轻的时候,这里是工会大院。那时候流行跳交谊舞,她经常在工会大院里跳舞,就是在跳舞场上遇到了我父亲。我父亲那时候刚从部队转业回来,是跳舞场上最高最帅的男人,每个女人都想和他跳舞。

我把车开到"公园"。心想,有一辆车能随时带她到她想去的地方也挺好的,如果她想去郊区呢?想去乡下呢?我可以带她去农家乐,让她呼吸更新鲜的空气,我应该强迫她出去,想更多可以调剂我们俩生活的计划……

公园里闲逛的人很少，因为今天不是周末，时间也不是下班后。只有几个老人，在池塘边坐着。有一个抽完了烟，就顺手把烟头丢进水里。她昂首挺胸地从那几个颓丧、邋遢的老人面前走过，和她在家里时有气无力的样子判若两人。我惊讶地看着她，心想，她大概正在心里重温跳舞场的往事。她看起来像在寻找着什么地方，不时停一下，然后又目标明确地走起来。我走到池塘边去。今天这里竟然有几条鱼，有一些沉在水底，就像死了一样，有两条木然地在漂浮着烟头和塑料袋的池子里游动。

"不要往池子里扔烟头，那边不是有垃圾桶吗？"我突然心烦起来，对刚才那个老人说。

他看了我一眼，我瞪视着他。他有点儿胆怯了，站起来走了。

看他笨拙地把三轮车推到街上、又笨拙地爬上车座，我有点儿后悔。我这算是得了胜利吗？我不知道。我肯定想和谁打一架，但对象绝不应该是这个衰颓的老人。我掉过头去看池子里那几条半死不活的新放进来的鱼。它们本来可以生活在河流里、海洋里。什么人把它们捞起来、扔进了这个狭小污秽的地方。没有人管它们的死活、它们的自由。之后，它们就会一直在这里，直到窒息死去。

我看见她朝我走过来，她的步态、身姿都仿佛是一个走在音乐里的、随时准备跳舞的人。不知道为什么，我想起《女人香》里阿尔帕西诺饰演的盲眼上校和酒店大堂里遇见的那个女孩跳探戈的那一段。我想，我如果会跳她所说的那种"交谊舞"，在这里陪她跳一段，她一定会非常开心，过去那些快乐的时光会在她心里复苏……一个白发的、濒临疯狂的老年女人，一个即将步入中年的、茫然无措的年轻人，这样的画面里倒是有更多令人绝望的悲伤。可惜我完全不会跳舞，我跳起来会像只螃蟹一样。这样的想象让我想笑。无论如何，她昂然的步子、颜色鲜艳的衣服使她变成了一个有气质的小老太太，把那几个乡气的老人的目光吸引过去。我朝他们看过去，他们就都把目光转开了。

"池子里还有鱼啊？"她像个孩子一样大惊小怪地喊叫，她的嗓音也是那种女孩子一般的尖声尖气。大概有什么东西在她意识里苏醒过来，强烈地刺激着她，让她的脸颊也变红了。她忘了她是谁，孩子气地拍了一下手。

显然，看到鱼对她来说是惊喜。而我宁可池子永远是空的。

4

在我小时候，傍晚是一天里最好的时候，宁静、肃穆、天空中常常铺满霞光，那奇异的光色会映照在房舍的窗户上、街道的柏油路面上，还有路边那些大树的枝桠上。而现在的傍晚是一天中最嘈杂、混乱、污浊的时候，废气下沉，各种噪声在带臭味儿的空气里似乎都被放大了，所有的人和车拥堵成无数个死结。我们回家时，小城里的南北大道在大堵车，自行车、机动三轮车、电动车在车辆缝隙里钻来钻去，铃声、人声、喇叭声响成一片。天空变灰了，空中也没有了样子像飞鸟的云。

  坐在车里，她默不作声。我看看她，她的身形仿佛变小了，仿佛外面这个嘈杂、混乱的黄昏景象碾压着她，令她畏缩。我试图和她聊天，而她只是敷衍地回答。后来，我什么也不想说了。我们俩就那样坐在无法向前行驶的车里，被窗外肮脏、嘈杂的一切围堵、阻碍，听天由命。她的身子在座位上往下滑得很厉害，人变得更小。她从刚才那副回光返照般的少女的怪模样变回了本来的样子：一个衰弱、神经质、惊惧的可怜老太太。那件她精心挑选的红毛衣，早上还令她很有光彩，现在看起来像一件极不相配的可笑的戏服，而她像个头发凌乱的侏儒被罩在其中。每天的这个时候，我的无力感、绝望都比其他时候更强烈，我对我父亲的想念也比其他时候都强烈。我的生活被他的离去分割成了两半，就像黎明或是黄昏时候的街道两边，一边是阳光，一边是阴影。只是，发光的那面如今像是虚幻的，阴影却是浓重、实实在在的，能顷刻把人吞噬掉。

  我们终于挨到了家。我去厨房里做晚饭。她跟过来，说她要帮忙，但我像平时一样严厉地拒绝了，让她去房间歇着，等我做好叫她。她离开以后，我找到那把钥匙，打开橱柜上那个抽屉，拿出平时锁在里面的刀具……我实在太累了，决定只煮一些冷冻水饺，切一点儿葱花、香菜做个水饺汤。在我叫她吃饭之前，我把刀洗干净、擦干，再锁进那个抽屉里。

她的胃口好像不错，吃了十二个饺子，往汤里加了更多醋。

"酸汤水饺，"她对我说，冲我笑了一下，"你小时候发烧，吃什么都吃不下，就是爱吃酸汤面叶，要放很多番茄，很多醋，面叶要吃我手擀的。"

"我记得，"我说，"吃别的都会吐，只有这个开胃。"

过一会儿，她有点儿讨好地看着我，问："吃完饭可以去阳台上看看吗？"

"不行。"我说。

临睡前，我确认大门和通往阳台上的门都锁好了。阳台上的门是我回家以后新装上的，本来，厨房是直通到阳台的。我躺在床上看了一会儿书，察觉到她房间里已经没有动静，不知道她睡着了，还是躺在那里、耽于她那奇特的幻想中。我合上书，起来关掉房间里的顶灯，只留着床对面矮柜上那盏黄光的小台灯。我躺在昏暗的光线中，有种没入黑暗之水的困倦和休憩感。小台灯的光经由灯罩在天花板上打出一个圆圆的、柔和的光圈。突然，我回想起一张纸，那张纸的样子那样清晰、生动地跃入我的脑海里，带着它上面蓝色的圆珠笔笔迹，以及它特有的边角处的折痕。那是她写给我的第一封信,也不算信,就是一张留言条。因为她出差了,她临走时给我留下这张纸,上面写着:"小亮,妈妈要出门几天,但是妈妈在外面,心里也会一直想着你。妈妈回来的时候,会给你带你想要的火车模型。"……我那时候还不到六岁。每一天放学回来,我都会先看看钉墙上的这封信——是的,它是用两个图钉钉在墙壁上的。后来,妈妈回来了,她说这封信也没有用了,但我不让她扔掉。她问我为什么,我说,这样我长大了还可以看到这封信,就不会忘掉。我的回答显然让她大吃一惊,她说她会一直保存着这封信。我最后一次看到这封信,是在我上大学以前。那时我无意中翻看一个相册,发现它被对折起来,卡在相册里嵌照片的透明薄膜里。当然,它那时并没有怎么让我感动,不过是一件寻常旧物。但现在想起它,它还是当初被妈妈钉在墙上的样子。我似乎还能看到它的下半部分被从门缝、窗口透进来的风吹得轻轻卷起来,发出轻微的"沙沙"声,因为那两个图钉仅仅固定住了它的左右上角。记忆是奇怪的东西,有些细微、并不那么重要的东西会莫名地清晰如昨,譬如这张纸,但有些东西却在你记忆里完全褪去了形迹,譬如她过去的样子。这就像一个人在长途跋涉中失去了所有贵重的大物件,最后,一个经年的、毫无用处的小纸团却还留在他褴褛的衣服口袋里。

有时候,我努力回想她年轻时的样子,或者至少是中年时的样子,我想这样也许能让我多爱她一点儿、多一点儿耐心。

我反复翻看那些相册,但旧相片根本帮不了我,它们只是存在于过去某个时空中的孤零零的影像,和现在、未来全然割裂了关联。在我脑海里,她的样子固定不变,无法和照片里那个年轻些的女人相互映照、融合,她的样子始终就是她老了以后的样子、现在的样子。

我睡着了,但和平时一样,半夜无缘无故地醒来。矮柜上那盏小灯仍旧孤寂地亮着。我听了一会儿:隔壁一片沉寂,连她翻身时引起的床的轻微响动、睡梦中的咳嗽声以及叹息声都没有。她或许睡得很沉,我想。但慢慢地,我感觉到这静寂里的异样,一股彻骨的凉意爬上我后背。我跳下床,径直走进她的房间。她的床上是推成一团的被褥,她不在那儿。

我又来到客厅、厨房、洗澡间,在这狭小的空间里,她并没有可以藏身的地方。我盯着门——门纹丝不动地反锁着。冷静,冷静,我对自己说。我又转回去她的房间。青色的布窗帘拉得严严实实,我走过去拉开窗帘——背后的窗扇都好好地反锁着。我站在窗边眺望,对面楼房里的大部分窗扇都黑沉沉的,只有楼下街道上的路灯孤寂地亮着,一辆车无声无息地驶过去,仿佛梦中滑行,车灯光游移般扫过昏沉的街道和楼壁。我已经想到她在哪儿,但我却在她床上坐了下来。我觉得我累极了,身躯沉重得几乎没法动弹。难得有这样巨大的、黑暗的安宁!我感到这巨大、黑暗的安宁笼罩着我。我想:她这次可能真的像鸟儿一样飞走了。

窗户紧闭，但不知从哪里透进来一丝风，窗帘里面那层白色镂纱在微微拂动。那是陈旧得发黄的白纱窗帘，吸满了岁月的尘埃，灰突突的、已经裂开的边缘垂落在地板上，"嚓嚓"拂动。我伸手摸了摸她的被褥，大部分凉了，中间还余留着一点儿她的体温……我猛然惊醒过来，奔出房间、穿过厨房。果然，从厨房里侧一角通往阳台的那扇小门关着，但锁开了，我藏在大衣柜一套被褥里面的黄铜色小钥匙就挂在锁上。

拉开门的那一瞬间，我感觉到心狂跳着快要冲出胸腔，我预见到那空荡荡的阳台，觉得我的世界下一秒就会轰然倒塌、什么都不剩。然而，如同令人惊奇的幻象一样，她双手扶着栏杆，稳稳地站在阳台上，朝我转过身来。她穿着胖大的印花棉睡衣，像个慈慈的、面相老成的孩子。她脸上还残留着一些轻松、愉快神情，但又有点儿困惑、负气，仿佛我打扰了她正专注于其中的游戏。

"你怎么不睡觉？"她问我，好像我是那个捣乱的、半夜不睡的小孩。

"你怎么不睡？"我反问她，走过去站在她身边。

她看着我的眼睛，慢慢地，她低下头。

"我睡不着……出来透透风，"她嗫嚅着说，"我就想到阳台上站站、看一看，我拿了钥匙……"

"没事儿，没事儿。我也睡不着，陪你透透风。"我说着，拉住她的手——一支干燥、皱巴巴但很温热的手。

我感到心脏重新在我的胸腔中平稳地跳动。现在她再也飞不走了,我抓住了她,抓得很紧、很结实。我和她又连在了一起,无论是身体还是命运……这比什么都好。

2019 年 11 月 25 日于波士顿